トラットリア・ラファーノ

上田早夕里

ハルキ文庫

角川春樹事務所

〈目次〉

トラットリア・ラファーノ

第一章　ラファーノ

1

扉《とびら》にかけた「CLOSED」の札を「OPEN」に変えると、僕《ぼく》は店内に戻り、レジスターの前でお客さまを待った。

室内には、抑《おさ》え気味の音量で音楽が流れている。

オリーブオイルや、タイムをはじめとするハーブや香辛料の匂《にお》いが、優しい音と共に流れていく。

満席になると音楽は会話や物音にまぎれてしまうが、いまはまだ鮮明《せんめい》に聴き取れた。イタリア映画の『海の上のピアニスト』の主題曲をマンドリンが奏《かな》でている。ひとつひとつの音が、ゆったりと響いて心地よい。

僕が働くイタリア料理店は、JR元町《もとまち》駅の北側に建ち並ぶ雑居ビルの中にある。五階なので、店の窓からは高架《こうか》を走る列車がいつも遠目に見えている。

空は夕刻の色に染まっていた。

ホール担当には忙しい時間の始まりだ。

曲が『ニュー・シネマ・パラダイス』の主題曲に切り替わった頃《ころ》、最初の予約客がやってきた。

常連のお客さまではない。初めての方だ。落ち着いた雰囲気《ふんいき》のカップルで、歳《とし》は三十代の終わりぐらいに見えた。

僕はふたりを窓側のテーブル席に案内し、女性側の椅子《いす》を引いた。

そして、厨房《ちゅうぼう》へ行っておしぼりとメニューを手に取り、さきほどのテーブルまで戻る。お客さまにメニューを眺《なが》めてもらっている間、僕はレジスターの前で待機し、次のお客さまを待った。

厨房とテーブルとの間を、伝書鳩《でんしょばと》のように往復するのが僕の仕事だ。雑多な事柄《ことがら》を一手に引き受ける役回りで、これをやる者がいないと、この規模の店の運営はままならない。

うちの店は座席数三十八、そのうち六席はカウンター席だ。トラットリアと呼ぶ規模の座席数の上限は五十だから、平均的な広さである。

六組、お客さまを案内したところで、厨房から曽我《そが》くんが出てきた。腰の後ろでウエスト・エプロンを結びながら足早に近づいてくる。アルバイトで入っている十八歳の学生だ。

曽我くんは僕に向かって頭を下げた。「すみません。長引きました」

「いいよ。それより、生パスタ作りはどうだった」

「シェフが言うには『まあまあ』だそうです」

「それは、だいぶ上手《うま》くなったという意味だよ。シェフは厳しいから、僕なんて未《いま》だに『いまいち』としか言われないぞ」

学校を卒業したら、曽我くんは会社に就職するのではなく、もう少し大きな店で修業を積むという。いずれは独立して自分の店を持つのが目標だ。アルバイトのスタッフは他にもいて、皆、固定シフト制で入ってもらっているが、料理人としての将来まで見据《みす》えているのは曽我くんだけだ。こうやって、日替わりでホール係と厨房業務の両方をこなしながら、店の運営について学んでいる。

レストランなんていつ潰《つぶ》れるかわからないのに、と僕が言っても、

「いまは有名な会社だっていつ潰れるかわからないでしょう。だったら好きな仕事に就《つ》くのが一番です。店を持ったらぜひ遊びに来て下さい。サービスしますから」といった調子だ。

タフだ。将来をよく見ている。

高校のとき、迷いに迷った末に僕は進学よりも就職を選んだ。家庭の事情によるもので、曽我くんのように積極的に自分で人生を決めたわけではない。

人生の早い時期にやりたいことが決まっている人はうらやましい。いつでも迷わずに済むから。

僕など、迷いっぱなしの人生だ。

周囲の事情に押し流されるようにして、僕は料理店で働くようになった。仕事は嫌いではないし結構やり甲斐《がい》も感じているが、ときどき、ふと別の道を選んでいたらと夢想する瞬間はある。

世界が分岐《ぶんき》する感覚というか、もうひとつの道、もうひとつの未来が、あの頃、どこかにあったような気がしないでもないのだ。

でも、それはたぶん僕の弱気から来る錯覚《さっかく》であって、この世界はどこまでも一本道。僕は、地道にそこを歩いていくしかないのだろう。

この店のシェフは僕の兄で、名は義隆《よしたか》という。

義隆兄さんは僕とは違って料理に対する情熱が半端《はんぱ》ない。勢い余って、ときどき言葉がすぎるほどだが、その兄さんが「まあまあ」だと言うのだから、曽我くんの成長ぶりには、めざましいものがあるのだ。

義隆兄さんの厳しさを上手く受け流せるのは、兄さんの妻である茜《あかね》さんと、僕の妹・彩《さえ》子《こ》だけだ。

茜さんは動物病院に勤めている看護師さんで、ふたりは共通の友人を介して知り合った。のんびりした性格なので、義隆兄さんが少々苛立《いらだ》っても、柔らかく受けとめてかわしている。細かいことは気にしない、というのとは少し違う。いったんすべて受けとめたあと、適切な方向へ余分な力を流すという感じだ。義隆兄さんが茜さんを好きになった気持ちが、なんとなくわかる性質である。

その茜さんが「結婚してもいまの仕事を続けたい」と言ったとき、兄さんはすぐに了解した。レストランの経営はシェフが倒れたらおしまいだ。収入源を別筋で確保しておくのは賢明な判断である。

以前、うちの店は父がシェフで、母が手伝うという形をとっていた。そこに、外部から少数のスタッフを雇《やと》っていた。だから父が病気で倒れて店を続けられなくなったとき、本当に、いろんな意味で大変だった。そのときの経験から、兄は、配偶者を経営に巻き込まずに済む方法を選んだのだ。

いっぽう、妹の彩子は性格が天然系というか、場の空気をあんまり読まないタイプで、言いたいことを好きなように言うので、義隆兄さんが唯一《ゆいいつ》勝てない相手だ。

いや、兄さんは、わざと勝たないようにしているのかもしれない。

厳しい言葉を口にしつつも、他人に対して人一倍気をつかっているのも義隆兄さんの美点で、そうでなければ、この店のスタッフは、誰《だれ》ひとり長続きしなかったに違いない。

2

新規のお客さまが次々と訪れ、曽我くんと僕は対応に追われ始めた。

各々のテーブルの端《はし》には、蠟燭《ろうそく》を浮かべた丸いグラスが置かれている。

お客さまが着席すると、僕はエプロンのポケットから柄《え》の長いライターを取り出し、その先端を蠟燭に近づける。

芯《しん》が燃え、暖かいオレンジ色の光が周囲に広がった。

融《と》けた蠟の甘い香りが、ふんわりと鼻先をくすぐる。

僕は、開店直後の、この雰囲気がとても好きだ。

店内に漂うハーブや料理の匂いが強くなり、お客さまの瞳《ひとみ》に落ち着いた輝きが浮かぶ。

義隆兄さんと彩子が、真剣に腕をふるい始める時刻だ。僕はそれを全力でサポートする。

僕は新しいお客さまをテーブルへ案内し、着席して頂くと、飲み物と料理のメニューを渡した。「お飲み物は如何《いかが》いたしましょうか」

お客さまはワインリストの中からひとつを指差し、「これをお願いします」と言った。

「かしこまりました」と応《こた》え、僕は銘柄《めいがら》を確認した。

リストにはワインの名前と特徴が短く記載されており、連番もふってあるので、番号で注文してもらっても僕たちにはすぐにわかる。

いま注文が入った品は、ロッソ・フォスコ・ランブルスコ・グラスパロッサ・ディ・カステルヴェトロ。天然弱発泡性の赤ワインで、辛口《セッコ》なのでうちの料理によく合う。口に含むと、料理の脂分《あぶらぶん》をすっきりと流してくれるシャープな味わいだ。白桃とサクランボの果実味を覚えるワインである。

発泡性のワインには甘口もあるので、辛口《からくち》が苦手なお客さまは、少し甘口《アマービレ》のランブルスコを注文する。イタリアワインには安くて美味《おい》しいものがたくさんあるので、気軽に飲んで頂けるように、うちでは手頃な価格の品をそろえている。

ディナーは単品料理か複数のコースから選んで頂く。このテーブルでは、前菜の三種盛り、季節野菜のパスタ、テナガエビのグリルと牛肉のタリアータを頼まれた。

タリアータは薄く切った牛肉を焼いた料理だ。ルッコラやレタスなどの野菜と一緒に盛り付けてチーズを載せ、オリーブオイルと胡椒《こしょう》で味を調える。見かけはシンプルだが、野菜と一緒に食べると肉の旨味《うまみ》が引き立てられてとても美味しい。赤ワインともよく合う。

僕と曽我くんがホールを行き来している間、厨房ではオーブンやガスレンジで火が燃え、午後九時半のオーダーストップまでこの態勢がずっと続く。

忙しいが、充実した時間帯だ。

義隆兄さんが、この店の経営を始めたのは四年前。

その二年前、父が病気を理由に調理場から引退したのがきっかけだ。

兄は別のレストランで料理人として勤めていたが、これを機会に独立を考えるようになった。二年かけて旧店舗のあれこれを整理し、場所も変えて、新しい店としてスタートさせた。

北野《きたの》で長く続いてきた〈トラットリア・スギハラ〉は、兄の名義に変わってから元町駅の近くへ移動した。店名は〈トラットリア・ラファーノ〉となった。妹の彩子も厨房に入った。家族の中では兄に次いで料理が得意だったから、大喜びでレストラン経営の世界に飛び込んだのだ。

ラファーノとは、イタリア語で西洋わさびを意味する。

ローストビーフを注文すると皿の端にほんの少し盛られてくる、あのピリッと辛い薬味がラファーノだ。ホースラディッシュとも呼ぶ。

日本のわさびは緑色だがラファーノは白い。摺《す》りおろすと大根よりもやや黄味がかった色になる。色が地味なので目立たないが、肉料理の味を引き立ててくれる大切な薬味だ。

兄と妹は、「お客さまの人生に、ささやかな刺激と楽しみを添《そ》えられるように」という意味を込めて、店名を〈ラファーノ〉とした。

西洋わさびは唐辛子《とうがらし》やガーリックのような自己主張の強い薬味ではないが、さりげなく料理の味を引き立ててくれる。そういう奥ゆかしさに、兄も妹も愛着を持っているようだ。

僕たちの店は、トラットリアと呼ばれる形式のイタリア料理店である。高級な雰囲気を持つリストランテと違って、いつでも気軽に入れる庶民のための食堂だ。

営業形態としては居酒屋タイプのバルと競合するので、ひとり客用に確保してある少数のカウンター席以外はすべてテーブル席だ。カップルや女性グループを多く狙《ねら》うというコンセプトである。

厨房と客席を数え切れないほど往復しながら、僕たちは前菜を運び、熱々の料理を運び続けた。

店内を流れる曲は、マンドリンによるポピュラー音楽から、リュートが奏でるバロック音楽に変わっていた。慌《あわ》ただしく行き交う僕たちに向かって、「ゆっくり」「落ち着いて」「優雅《ゆうが》におもてなしを」と語りかけるように、上品な旋律《せんりつ》と和音を響かせている。

満席になっても、飛び込みで訪問する客は途絶えなかった。

席があいていないときには、丁寧《ていねい》な態度でお客さまに事情を説明し、店舗の名刺を渡して、次からは予約をしてもらえるようにお願いして頭を下げる。

大きな宣伝は打っていないのに、兄たちの料理を食べたくて、ここを訪れる人は多い。

これは、父がシェフをやっていた時代も同じだった。

土地柄もあるのだろうが、うちでは客が途絶えたことがない。常連の方、口コミを頼りに立ち寄って下さる方、観光客として神戸《こうべ》を訪れて下さった方。等しく大切なお客さまなので、縁《えん》が途切れないように気をつかう。

兄がラファーノを開店した当初は、父の馴染《なじ》み客が多く訪れてくれたが、経営が軌道《きどう》に乗り始めると、その方々は新規のお客さまに席をあけるため、さりげなく来店回数を減らしてくれた。

その方々は、いまでは引退した父が営む一階下のバル〈ピッコロ〉で呑《の》んでいる。

肝臓を悪くしてから父は体力を使う調理ができなくなり、シンプルな酒のあてしか出さない小さなバルを始めた。

食べるのは二の次で、安くて美味《うま》いイタリアワインやカクテルを楽しむための店だ。

バルにはいろんなタイプの店がある。がっつり食事ができる料理店形式から、立ち呑み屋に近い手軽なものまで。

父は自分の体力に合わせて、とても小さな店を作った。

何もしないでいるのはつまらないし、かつての常連さんたちとの縁を切りたくなかったのだろう。

「歳をとったら食べる量が減った。オイルサーディンとオリーブの実があれば充分だ」と笑う父の友人たちは、トラットリア・ラファーノよりも、父のピッコロを選ぶ。

父は、いい友達をたくさん持ったと思う。父にとっては生涯《しょうがい》の宝物だろう。

3

開店と同時に入った最初のお客さまが席から離れる時間帯になった。

レジスターの前で支払いが続くうちに、次の時間帯の予約客が入って来た。

五人組の女性客を迎え入れたとき、お客さまのひとりが目を丸くしてこちらを見た。

「杉原《すぎはら》くん、北野のお店で働いてたんじゃないの」

僕も相手を見て、あっと声をあげてしまった。

その人は、かつて同じ高校に通っていた邦枝優奈《くにえだゆな》さんだった。

高校時代には地味でおとなしい女子だったのに、いつのまにか洗練された雰囲気を身につけている。社会に出ると、やはり、みんな変わるのだろうか。

「お父さんの病状は」と邦枝さんは僕に訊《たず》ねた。

「おかげさまでバルをやれるぐらいには回復した。一階下のピッコロっていう店がそれだ」

「このお店は」

「兄さんが作った。スギハラを移転させてリニューアルしたんだ。いまは兄さんがシェフだ」

立ち話が長引くといけないので僕は会話を打ち切り、邦枝さんを含めたお客さまをテーブルへ案内した。

皆が着席すると、僕は少し身を屈《かが》めて邦枝さんの耳元で囁《ささや》いた。「仕事中だからごめん。また別の日に」

邦枝さんは黙ってうなずいた。

僕がテーブルから離れると、友人たちが興味津々《しんしん》な面持ちで彼女に訊ねる様子が視界に入ったが、僕は振り返らずに厨房へ飛び込んだ。

義隆兄さんはフライパンで仔牛《こうし》を焼いており、彩子は冷蔵庫から前菜を取り出そうとしていた。

僕は彩子に近づいて声をかけた。「八番テーブルの配膳《はいぜん》を頼んでもいいか」

皿を調理台に置くと、彩子は不思議そうに訊ねた。「なんで」

「高校時代の友達が来た。立ち話になると他のテーブルに迷惑がかかるから」

「全員友達なの？」

「いや、ひとりだけ。本人は分別のある人だけど、一緒にいる友達が、いろいろ訊ねてきそうで」

「ということは女の子」

「そう」

「昔、付き合っていた子？」

「そんなんじゃない」

「ああ、わかった。いまでも好きな子なんだ。高校時代に告白し損ねたんでしょう」

「勝手に妄想《もうそう》するな」

彩子は、ふふふと笑った。「じゃあ、八番の周辺だけ受け持つから、あとで詳《くわ》しく教えてね」

いろいろ見抜かれているなと思ったが、とりあえず「ありがとう」と礼を言って、いなしておいた。

コンロの前から義隆兄さんが声をかけてきた。「和樹《かずき》、あんまり彩子に迷惑をかけるなよ。忙しい時間帯なんだから」

僕が返事をする前に彩子が答えた。「大丈夫だよ、これぐらい」

「週末だ。予約もフルに入ってるんだぞ」

「和樹兄ちゃんだって厨房を手伝えるんだから構わないでしょう」

「こいつは最近ブロードさえ作っていないだろう。いまは曽我くんのほうが上手だぞ」

ブロードとはイタリア料理で使う出汁《だし》、フランス料理でいうブイヨンのことである。

水をはった鍋《なべ》に、タマネギ、ニンジン、セロリ、ローリエ、鶏《とり》のもも肉、牛のすね肉や骨などを入れ、あくを取りながら弱火で長時間煮て作る。味は塩と胡椒で調節する。

魚を使ったり野菜だけで作るブロードもあるが、肉を使うものが一番手間で、完成までトータルで六時間ぐらいかかってしまう。

イタリアンでは多くの料理で使われる基本の出汁なので、きちんと作れないと店の評判を下げてしまう。

「大丈夫、大丈夫」彩子はひらひらと手を振った。「こう見えても和樹兄ちゃんは才能あるんだよ。家でもよく練習しているし」

「嘘《うそ》つけ」

「嘘じゃないよ。ほんとだよ。わたしが指導してるんだから間違いないって。今度、本格的に店の料理を作らせてみてよ。びっくりするほど上手くなっているから」

義隆兄さんはフライパンへ視線を戻し、コンロの火を止めた。「じゃあ頼むぞ、和樹」

「了解」

「できんことには手を出すな。失敗されるぐらいなら、おれが倍の仕事をしたほうが早い」

僕はうなずき、ビブ・エプロンを身につけた。

調理台の前へ立つ。

彩子の話は本当だ。僕は何もできないわけではない。義隆兄さんが料理人としてりっぱすぎるから、店では目立たないようにして、おおっぴらに調理しないだけだ。

彩子は調理服の上に新しいビブ・エプロンをつけ、厨房係から臨時のホール係に姿を変えた。メニューとおしぼりを持って八番テーブルに向かい、戻ってくるとテーブルの様子を教えてくれた。

邦枝さんの友人は、僕が心配したほどには、こちらを気にしていないようだ。邦枝さんが「遠慮するように」と皆に注意してくれたのだろう。彩子が注文を取りに行っても、特に何も訊《き》かれなかったという。

僕はほっとして、自分の作業を続けた。

邦枝さんたちはコース料理を注文していた。

コースの内容は、あらかじめ決まっているスープと前菜に、三種類の料理からひとつを選んでもらう形式だ。

いまの季節なら、シェフにお任せの前菜三種盛りとインゲンマメのスープが固定メニュー。

パスタは、豚のほほ肉トマト煮のブカティーニ、アサリとアスパラガスのガーリック風味スープ・スパゲティ、桜エビとアナゴのトマトソース・フィットチーネ。この三種類からひとつ選んでもらう。最後にはドルチェとコーヒーがつく。グループ客なら、ピザを一枚、割引価格での追加も可能だ。

彩子が作業台に置いた注文票を見ると、パスタの注文は見事に三種類にばらけていた。

飲み物はすべてカクテル。ワインの栓を抜く必要はない。注文内容を義隆兄さんに告げてから、僕は、人数分のグラスに氷を入れて調理台にそろえた。

すべてトールサイズのグラスなので、ボトルから注ぐお酒の色で種類を見分けながら、飾りに使うライムやミントの葉を縁に添えていく。

炭酸の泡が昇る清々しい色のカクテルを五つ仕上げると、すぐにトレンチに並べた。厨房に戻ってきた彩子がそれを素早く持ちあげ、テーブルまで運んでいく。

次は、前菜とスープだ。

冷蔵庫から前菜を取り出し、五枚の三連プレートに盛り付ける。綺麗に盛り付ける才能は必要だが、僕はこういう作業には慣れている。味つけに技術を要するわけではないから彩子がやっても差し支えない。

ナスとトマトのバルサミコ酢和え、ニンジンの千切りとパプリカのマリネ、オイルサーディンのバジリコソースがけを、純白のプレートに見栄えよく並べていく。

前菜を彩子に運んでもらったあとは、鍋でインゲンマメのスープを準備した。前菜の皿が戻ってくるタイミングを見計らってコンロに火をつけ、沸騰させないように気をつけながら温めてスープ皿に移す。熱いうちに彩子に運んでもらう。

義隆兄さんは先客の料理を仕上げ、次の食材を調理台にそろえた。

僕は、アスパラガスやアナゴを切ったり、トマトソースを準備した。

パスタ鍋では、ブカティーニ、スパゲティ、フィットチーネの三種類を茹《ゆ》でるが、パスタは本来の茹で時間だけでなく、あとで和えるソースの水分量によって茹で時間を調整しなければならない。

水分が多いソースを使うなら茹で時間は規定よりも若干短くし、少ない場合には時間ぴったりで引きあげる。

今回のメニューで一番水分量が多いのは、アサリとアスパラガスのスープ・スパゲティだ。オリーブオイル、塩、唐辛子、少量のガーリックで味つけしたスープにパスタを浸《ひた》すので、規定時間通りに茹でると皿に載せたあとパスタがふやけてしまう。適度なコシを残すには、早めに湯から揚げて、食べるときにちょうどいい固さになるように調節するのだ。

豚のほほ肉トマト煮はねっとりしたソースだが、ブカティーニはパスタに穴があいているので他よりもソースが絡みやすい。

フィットチーネは日本のきしめんみたいに平たいパスタだ。ソースと具を載せ、食べるときに混ぜてもらうスタイルにしても味はよく馴染む。フィットチーネにはほうれん草などを練り込んだ色つきもあるが、今日使うのは普通の白い麺《めん》だ。

ソース作りはすべて義隆兄さんに任せた。兄さんはフライパンからパスタ皿へ料理を盛り付けるところまで自分でやった。それでも僕がやるより遥《はる》かに早い。

僕がやったのは材料の下準備。そして、イタリアンパセリやアナゴに合うサンショウの葉を、仕上げとしてパスタの上に置く作業。

八番テーブルのメイン料理を全部完成させると、僕はそれだけでちょっと気が抜けた。

邦枝さんたちは、この店の料理を気に入ってくれるだろうか。

来た甲斐があったと喜んでくれるだろうか。

他のお客さまと同じように。


八番テーブルのお客さまは、コース料理を和やかに楽しみ、最後に運んだミルクジェラートとアーモンドの焼き菓子《ビスコッティ》の組み合わせにも満足し、レジスターの前で曽我くんにお礼を言って店をあとにした。

邦枝さんは僕を呼び出してくれと曽我くんに頼むこともなく、友人と連れ立って帰っていった。

僕は厨房作業を彩子と交替し、あとは接客業務に戻った。

そこからはまた慌ただしく働き続け、同級生との再会をしみじみと回想する暇など、まったくなかった。

4

十日ほど経《た》った平日の夕方、邦枝さんは、また店にやってきた。

今度は予約なしで、ひとりだった。

誰かと待ち合わせなのかと思ったら「違う」と言われたので、カウンターとテーブルと、どちらがよろしいですかと訊ねてみた。

カウンターがいいと言われたので、そこへ案内した。

先日と違って、邦枝さんは高校時代に戻ったような口調で話しかけてきた。「お料理が素敵だったし、また別の日にって杉原くんが言ってくれたから」

「ありがとうございます」

邦枝さんはゆっくりと周囲を見回した。「手頃な広さで、明るくて、綺麗なお店。昼間はカフェだけ？」

「うちは料理専門。カフェはやらない。昼間は二時間だけランチタイム」

「それでやっていけるの？」

「兄さんたちの努力の成果だ。ところで飲み物は」

「グラスワインの白を。それから、しじみと枝豆のクロケッタをお願いします」

「かしこまりました」

クロケッタとはコロッケのことだ。この時間帯に軽くつまむ料理としてはちょうどいい。飲み物を席まで運んだとき、あとで少し話したいと言われた。店が終わったあとでいいからと。

お客さまが帰ったあとには店の掃除がある。だいぶ遅くなるよと言うと、これから映画を観《み》るから時間は潰せる、終電に間に合うように少し立ち話をしたいだけだと言われた。映画を観終えたら、また、ここへ戻ってきてくれるらしい。

ここまで言われると断りにくい。

僕は厨房へ引っ込むと義隆兄さんに事情を話し、閉店後、掃除《そうじ》を早めに切り上げて少し時間をもらった。

邦枝さんは白ワインを飲みながらクロケッタを黙々と食べ、レジスターの前まで来ると、

「じゃあ、またあとでね」と上機嫌で店を出て行った。


閉店後、店内の掃除を終えて廊下へ出ると、邦枝さんが待っていた。

「悪いね。慌ただしくて」

「こちらこそ無理を言ってごめんなさい。でも、あまりにも懐《なつ》かしかったから。卒業式の日、一緒に帰れなかったでしょう」

手術のあとも父はしばしば体調を崩し、僕の卒業式の日も、ずいぶん具合が悪かった。僕は卒業式自体には出席したのだが、終わると大急ぎで帰宅した。ひとことも交わせないまま父とお別れするような事態に陥ったらと思うと怖《こわ》くて、何もかも放《ほう》り出《だ》して帰宅したのだ。

幸い、父は持ち直し、家族全員でほっとした。

友人たちとは、後日あらためてカラオケ店で卒業祝いをやった。

その席に邦枝さんはいなかった。声はかけたが都合が悪くて来られないそうだと、他の

メンバーから聞かされた。

いったん社会へ出てしまうと、学生時代の友達とは縁が薄くなる。僕と邦枝さんもそうだ。ただ、同じ街に住んでいる以上、いつかは、こういう形で再会しても不思議ではなかった。先日までは想像もしていなかったが。

「貿易会社で事務をやってるの」と邦枝さんは言った。神戸は港町なので昔からこの手の会社が多い。「英語の書類ばかりで大変」

「いい仕事じゃないか。英語は得意なんだろう」

「わたしが好きなのは小説のほう。貿易とか全然畑違いよ」

「翻訳家になればよかったのに」

「少しだけど、やってる」

「そりゃすごい」

「兼業だから短編の翻訳だけど」

「雑誌とかに載るのかい」

「何回か載った。いつかは長編も訳してみたいな。ものすごく大変で、出した本もなかなか売れないらしいけれど」

「じゃあ、いま、しあわせなんだね」

「うん。杉原くんもレストランの仕事は面白い？」

「勿論《もちろん》」

邦枝さんはうれしそうに顔を綻《ほころ》ばせた。

高校時代には、こんなに明るく笑う女子ではなかった。もっと地味で控えめで、言いたいことがあっても、あまり口にしない人だった気がする。

社会に出て自分のやりたい仕事が見つかったら、自信が湧《わ》いてきたのだろうか。そういうことは珍しくない。誰もが昔のままではいられないのだから。

ふいに邦枝さんが言った。「もう高校を卒業したのに『くん』づけはないよね。『杉原さん』のほうがいいかな」

「いいよ。『くん』のままで。そのほうが昔を思い出して懐かしい」

「本当に？」

「ああ」

「トラットリア・スギハラが、ラファーノになった経緯を知りたいな」

「長くなるよ」

「簡単にまとめて」

「あまり簡単じゃないんだけどな」

僕の父は、僕が高校生の頃に病気が見つかった。

料理店での仕事は、重量のある食材や金属製の鍋を頻繁《ひんぱん》に持ちあげるので、膝《ひざ》や肩を痛めやすい。父も以前から疲労感や痛みに悩まされていた。これを整形外科系の病気から来るつらさだと思っていたのだが、あまりにもひどいので内科を受診して、初めて本物の病名がわかった。

肝炎だった。その検査途上で、ごく小さなものだが肝臓癌《かんぞうがん》まで見つかった。

肝臓癌は自覚症状が出にくいので、本人が不審に思って受診したときには手遅れな場合が多い。だが、父はとても早い段階で見つかったので、打てる手段は、まだたくさんあった。

それでも、この現実は家族にとって大きなショックだった。

癌のほうはすぐに処置が施され、治療の中心は肝炎に対するものとなった。お金も時間もかかることだから、母さんはひとりで店を続けようとした。一週間のうち半分でも、あるいは夜の時間帯だけでもあけておきたいと。

でも、がんばって店を支えても、父さんが復帰するのはだいぶ先だろうし、これまでと同じレベルではやっていけないだろう、と僕たちは考えた。

そこで、しばらくは、トラットリア・スギハラという名前のまま、規模を縮小する形で母と兄が店を経営。いずれは兄が全権利を引き継いで店舗をリニューアル、という結論になった。とにかく収入を絶やさないのが最も大切なことだったから。

妹の彩子は早いうちから「わたしは学校とか嫌いだし、料理を作っているほうが楽しいから」と言って父の店を手伝っていた。高校を卒業したらトラットリア・スギハラで働くと宣言し、本当にその通りにした。

両親は兄と妹の選択に何も反対しなかった。反対する余裕がなかったとも言えるが、もともと子供がやることには何も口を出さない主義だ。家族の窮地《きゆうち》に関して、うまく歯車が嚙《か》み合った形になった。

「父さんは僕に対して何も望まなかった」と僕は邦枝さんに言った。「おまえは好きなように生きろ、どんな仕事でもいい、やりたいことをやれと言った。兄さんと妹を家庭の事情に巻き込んだ負い目から、僕には自由を与えたかったのかもしれない。でも、これは、あまりいい考えじゃないように思えた」

「どうして」

「本当の意味で自由が必要なのは、料理に抜群の才能を持つ義隆兄さんや、世界中どこでも生きていけそうな彩子のほうだったはずだ。好きにしろと言われても、僕は特別な才能など持っていなかったし」

「ソフトテニスが上手かったじゃない」

「日本のソフトテニスには硬式テニスと違ってプロの業界がない。僕は平凡な人間だ。自由にやれと言われるとかえって頭を抱《かか》える」

邦枝さんは複雑な表情で僕を見た。

僕は話を続けた。

「両親の貯金は治療費と入院費で切り崩されていたから、あの状況では進学する気にはなれなかった。就職するのが一番よかった。会社勤めなら食品関係がいいと思ったよ。この業界なら兄さんたちとも話が合うし、店の経営を手伝えるような気がしたから」

当時、僕が就職すると知った友人たちは、僕の将来を猛烈《もうれつ》に心配してくれた。それをなだめるのは結構骨がおれた。僕の高校では大半の生徒が進学を選んでいたので、就職する生徒はとても珍しかったのだ。

そんなあれこれの中で、当時、邦枝さんとも少し話をした記憶がある。

僕はソフトテニス部にいたのだが、家のことや就職準備で慌ただしくなってきたとき、一度、クラブを辞めようとした。すると邦枝さんが、それはいけないと熱心に引き留めた。普段の無口な彼女とは打って変わった態度だった。

意外だった。

その日のことは、いまでもよく覚えている。

僕自身は就職に対してなんの負い目も感じていなかった。いろいろ悩んだ末とはいえ、自分で選び取った道なので、むしろある種の誇らしさがあった。

食品工場の入社試験に合格していたから四月からは正社員。邦枝さんとのつながりは卒業と同時に途絶えた。

いったん社会へ出てしまうと、仕事の忙しさから、ごく限られた友人以外とは連絡を取り合わなくなった。そのグループに邦枝さんは含まれていなかった。自然に疎遠《そえん》になってしまったのは、会社勤めで自分の世界が変わったのと同じように、邦枝さんも大学で新しい世界を生きているだろうと思ったからだ。

世界が変われば新しい友達ができる。好きな人だってできるだろう。

人の一生は前にしか進まないから、振り返っても後ろにあるのは思い出だけだ。生の現実があるわけではない。

働き始めて数年後、僕の会社は経営難から他の会社に吸収合併され、いくつかの工場が閉鎖された。

正社員のリストラもあり、僕は職場をなくしたあと、なかなか次が見つからなかった。それがラファーノで働くきっかけになった。僕は客対応ができたし、レストランの仕事は手がけてみればなかなか面白かった。なるほど、兄さんや彩子が夢中になるわけだと納得した。

トラットリアは大衆食堂なので、僕は家庭料理の延長のようなイメージで捉《とら》えていた。

だが、お客さまから見れば、わざわざ外へ出て食べる料理だ。家で作れる料理と同じであってはいけない。

調理の基本は同じでも、食材が特殊だったり、個人宅では購入や仕上げに手間がかかるものは、プロに任せたくなるのが普通だ。

兄たちは、そういった要求を満たせるように、日々、食材の仕入れや調理法に工夫を重ねた。

料理人としての兄や妹の腕前は、僕などではとても追いつけない。アルバイトの曽我くんには自分の店を持つという野心があり、僕はそれにも太刀打《たちう》ちできない。

だが、厨房に入らずともラファーノの居心地のよさは捨てがたかった。収入面を考えると、ひとりでも多く外で働くほうがいいのだが、あまりの居心地のよさに、僕はラファーノに留《とど》まり続けた。

「そういうわけで、いまはここに。うちぐらいの規模だと、アルバイトを何人か入れれば交替で休みもとれるからね」

「シェフは定休日以外には休めないのね」

「いずれは妹が代理でやるよ。兄さんに負けないぐらい上手いから」

「杉原くんは料理を作らないの」

「僕ではまだまだ腕前が足りない」

「じゃあ、足りるようになったら作るのね」

「いまのところは必要ない。兄さんの料理はすごかっただろう」

「ええ」

「ラファーノは兄さんと妹の店だ。それでいいいんだ」

もうだいぶ遅いよと言って、僕は邦枝さんに帰宅を促した。

邦枝さんは「また来るから」と言ってくれた。

僕は「これからも、どうぞご贔屓《ひいき》に」と応え、ビルの外まで彼女を送っていった。

5

また来ると言っても本当に来る人は少ない。顔見知りの場合は特にそうだ。それはただの挨拶《あいさつ》じみたものだから。

ところが邦枝さんは、一週間後に、またラファーノを訪れてくれた。

今度は友達とふたり連れだった。

前に来た友達とは違う。新規のお客さまだ。

「お店の名前は知ってるけど、来たことがないって言うから」

僕は丁寧にお礼を言い、お友達にも頭を下げた。新しいお客さまはいつでも大歓迎だ。

店の宣伝にもなる。兄たちもやり甲斐を覚える。

その後も、邦枝さんは頻繁に店を訪れた。

四度目からは、ひとりで来るようになった。

「平日は混んでなくていいね」と言い、クロケッタを頼んだときのように軽く料理をつまむ日もあれば、コース料理を食べて帰る日もあった。

お客さまが少ない日は、料理を運ぶ僕の邪魔にならないように気を配りつつも、軽い調子で話しかけてきた。何も喋《しゃべ》らないのも不自然なので、僕は差し障りのない程度に対応した。

とても混んでいる日には静かに料理を食べ、料金を払い、帰っていった。

僕が対応できてもできなくても、邦枝さんはいつも満足げだった。

本当に美味しそうに食べるので、よっぽど兄たちの料理を気に入ったのだろう。義隆兄さんと彩子に伝えると喜んでもらえた。

邦枝さんは食材に対する好き嫌いやアレルギーがまったくないので、何をサーヴしてもご機嫌だった。

ある日、彼女は僕に向かって言った。「お願いがあるの。聞いてもらえないかな」

「なんでしょうか」

「杉原くんが作ったお料理を食べてみたい。お兄さんたちが作る料理じゃなくて、杉原くんが作ったイタリアンを」

「僕はホール係なんだ」

「お料理の修業もしているんでしょう」

「まあね」

「家では作るの？」

「ああ」

「だったら、お店でも作れるんでしょう」

「そのうちにね」

「ずっと食べたいと思っていたの。杉原くんが作るお料理を」冗談ではなく本気らしい。邦枝さんは僕を正面から見つめた。「トラットリアって、わたしみたいな庶民のためのお店でしょう。ほんのささやかなお皿でいいの。クロケッタとか、ああいうシンプルなものでいいから」

「じゃあ考えておくかな」

「来週また来る」

「えっ」

「ちょうど一週間後に。メールアドレスを教えておくから、もし、都合が悪かったらすぐに教えて。迷惑はかけたくないから」

「そういうんじゃないけど、僕は兄さんたちほど料理が上手くない。盛り付けはできるけれど」

「杉原くんが作ってくれるなら、なんでも歓迎よ。楽しみにしてる」

6

閉店後、僕は義隆兄さんに訊ねてみた。

「邦枝さんが僕が作った料理を食べたいと言っている。どうしようか」

あまり物事に動じない兄が、珍しく目を丸くした。「どういうことだ」

「はっきり約束したわけじゃないから、断る余地はあるけれど」

「特定のお客さまだけを特別扱いするわけにはいかないぞ」

「だめかな。やっぱり」

「店を贔屓にして頂けるのはありがたい。だが、シェフでもないおまえが、個人的な約束で皿を作るのはどうなんだ」

彩子が横から割り込んだ。「ちょっと小洒落《こじゃれ》たお店だと、シェフが常連さんに特別料理を出したり、それを目当てに来るお客さんもいるよ。邦枝さんは、どこかでそんな話を聞いたんじゃないかな」

「へぇ。余裕がある店は違うんだなあ」

「わたしもそういうお店に行ったことがある。食べ慣れている人が行く場所には、そういうところがあるよ」

「でも、うちじゃ無理だな」

「それは和樹兄ちゃんの心がけ次第かも」

「どういう意味だ」

「和樹兄ちゃんは自分の将来をどう考えているの。これからもラファーノで働くつもりなの」

「勿論だ」

「だったら、もっと本格的に調理を勉強したほうがいいよ。いまみたいなペースじゃなくて」

「僕は基本ホール係だから」

「そうだとしても、本気でホールの仕事を極めたいなら、もっと大きな店で経験を積んだほうがいいんじゃないかな。ここではわからないお客さまの楽しませ方も覚えられるし、もっと複雑な仕事もできるし。そういうことを、そろそろ考えてもいい時期よ」

「僕はラファーノぐらいの規模のほうが楽しいんだ」

「もったいないよ。もう少し真剣になったら」

義隆兄さんが口を開いた。「本気で料理をやる気がないなら厨房を貸すのは難しい。正直に言わせてもらうなら、いまは、おまえよりも曽我くんのほうが先へ行っているぐらいだ。熱意がある分、勝っている。いずれ曽我くんは、ここから出て、本当に自分で店を持つだろう。そうなったら、また、新しいスタッフを雇わなきゃならない。そのとき、おまえに厨房に入ってもらって、アルバイトにホール係を任せるほうが店としては都合がいいんだ。そういう事情も、少し考えて欲しいんだがな」

「いますぐ返事をしないとだめかな。邦枝さんは、僕の料理を一度だけ食べればそれで満足するかもしれない。いまは高校時代の懐かしさから通っているだけで、気持ちが一段落ついたら、来店の頻度も落ち着くような気がする。僕が本格的に料理人になるかどうかは、それから決めても遅くないだろう」

「こういうのは中途半端にしていると先々揉《も》めるぞ」

「じゃあ、はっきりと断るよ。そのほうがすっきりする」

ちょっと待ってよ、と彩子が口を挟んだ。「和樹兄ちゃんはよくても、それじゃ邦枝さんが可哀想《かわいそう》でしょう」

「なんでだよ」

「一人前の大人の女性が、なんの考えもなしに、こういうことを言うはずがない。それに対する想像力は働かないの」

「ややこしい話はごめんだよ」と僕は応えた。「時間を取らせて悪かった。特別メニューはなしにする。邦枝さんが来たらそう伝える」

「じゃあ、こういうのはどう」彩子は続けた。「特別メニューは三回だけ、それ以上はできませんって言うの。こちらから回数を指定するなら、うちの仕事も混乱しないし、邦枝さんも納得しやすいんじゃないかな」

なるほど、それはいいと義隆兄さんも賛成した。「来店時間を決めてもらえるなら、その方法を採れる。できれば少し遅めの時間帯がいい。他のお客さまに迷惑がかからないし、特別対応をしても目立たないから。和樹はどう思う？」

回数限定か。

想像もしていなかった案に、張り詰めていた気持ちが少しほぐれた。

邦枝さんがこんな希望を出した理由がわからない以上、こちらから制限を作って、厨房での仕事がうまく回るようにするのはいい手段だ。邦枝さんがそれ以上を求めたら、はっきりと事情を訊ねればいいし、これ以上は特別扱いできないとも言えるだろう。

三回だけ。

それなら、自分でもなんとかなるかもしれない。

「わかった」と僕は応えた。「それでいこう」

7

特別メニューを用意するのは三回だけ、という僕からの条件に、邦枝さんは最初戸惑ったが、理由を説明すると納得してくれた。

「急に来られても準備ができないし、食材に関しては店の都合もあるから」ということで、僕たちはお互いの電話番号も教え合った。予約は、店のほうではなく、直接、僕のスマートフォンにメッセージを送ってもらい、邦枝さんの分が通常の予約リストに混じらないようにした。

最初の料理を出すと約束した日。

邦枝さんはカウンター席につくと、スプモーニを注文した。カンパリとグレープフルーツの爽《さわ》やかな苦味を楽しみながら、瞳を輝かせて料理を待った。

僕は厨房に入り、以前と同じようにエプロンを身につけた。今日はお客が少ないので、ホール係はアルバイトひとりに任せた。忙しくなってきたら、また、臨時で彩子に手伝ってもらうことになっている。

初回のメインは仔羊のカツレツと決めていた。気取ったところがなくて、食材の美味しさが率直に出る料理だ。

前菜には、茹でたアスパラガスとホタテ貝のバルサミコソースがけ。

ホール係に前菜とコンソメスープを運んでもらうと、僕はカツレツの準備にとりかかった。

衣にはハーブパン粉を使う。イタリア料理と数多《あまた》のハーブは切っても切れない関係にある。店内に足を踏み入れたとき、ああ、ここはイタリアンの店だなと実感するのは、それらのハーブの香りが鼻をくすぐるからだ。

今日、パン粉に混ぜるのはタイム。清涼感を含んだタイムの香りは、どんな食材にもうまく馴染む。とりわけ肉料理との相性がよい。肉の臭《くさ》みを消し、旨味をぐんと引き立ててくれる。

まず、下ごしらえで余分な脂を切り落とした仔羊の肉を叩いてのばし、塩と胡椒をふりかける。

軽く小麦粉をつけ、溶き卵の中をくぐらせ、最後に、刻んだガーリックを混ぜたハーブパン粉の中へ入れた。

まんべんなく押して衣を定着させる。

ふわりと立ちのぼるタイムとガーリックの香りに、作っている僕自身も、しあわせな気分になった。

邦枝さんが僕の料理を食べたがったように、僕の中にも、邦枝さんに料理を食べて欲しいという気持ちがどこかにあるのかもしれない。

邦枝さんと再会した日には少しも想像しなかった、でも、もしかしたら、僕の中にもあるかもしれない想《おも》い。

よけいなことを考えると料理を失敗しそうな気がしたので、ハーブの香りを強く意識することで、胸の中から雑念を追い払った。

オリーブオイルを流したフライパンで仔羊の肉を揚げ焼きした。皿に移したときに綺麗なきつね色になっているようにタイミングを見計らう。早すぎると色が頼りない。念を入れすぎると端が焦げてくる。まんべんなく火が回った状態の、一番美味しそうな瞬間に引きあげる。

かりっとした衣で包まれた熱々のカツレツができあがった。自分でも満足のいく仕上がりだ。

皿に盛り付けたあと茹でたニンジンを添え、青々としたルッコラを飾った。

レモンを櫛形《くしがた》に切り、透明なアクリル製の鳥型搾《しぼ》り器にセット。カツレツにかけてもらうソースは日本では店によって違うが、僕はこの食べ方が一番美味しいと思う。

この皿は自分でテーブルまで運んだ。

邦枝さんは、まばゆい笑みを浮かべて料理を見つめた。

「仔羊のカツレツです。こちらのレモンでお召しあがり下さい」

「ありがとう」

料理のあと、オレンジシャーベットを添えたチョコレートケーキを食べ終えると、邦枝さんは大満足だと言ってくれた。「次も楽しみ。来る前には必ず連絡を入れるから、またよろしくね」

「こちらこそ、どうぞよろしく」

合計三回の特別メニューが終わったあとも、ずっと常連のお客さまになってくれそうな気がした。

どうして、そこまでラファーノを気に入ってくれたのかわからないが、好意は素直に受けとめることにした。

第二章　遠い思い出

1

カウンターの席数は少ないが、うちの店にはひとりで訪れるお客さまも多い。

駅前なので、仕事帰りのサラリーマンがふらりと立ち寄る。

同じビルの中にバルやワインバーが入っているから、お客さまの数としてはそちらのほうが多いだろう。しっかり料理を食べたいときに、うちへ来て下さるのだ。ありがたい話だ。

ひとり客は予約なしで来る。だから、どんな人が来るのか想像もつかない。

それでも揉《も》めた覚えがないのは、彩子が店の入り口を綺麗《きれい》に飾ってくれているおかげだろう。

扉にはドライフラワーやリース。傍《かたわ》らには手描《てが》きのメニューボード。極端に女性寄りの雰囲気《ふんいき》にせず、男性客でも抵抗のない配色を選んでいる。レストランであることをはっきりと打ち出しているので、お酒だけを呑《の》みたいお客さまが間違えて入るトラブルはない。

店内に流す音楽を決めたのも彩子だ。古き良き時代のヨーロッパを連想させる穏《おだ》やかな曲がいいと言って、マンドリンやリュートや11弦ギター（アルト・ギター）が奏《かな》でる、映画の主題曲やクラシック音楽などを選んでくれた。

撥弦楽器《はつげんがっき》は種類が違っても音のニュアンスが似ている。とても優しい音が鳴る。作業の邪魔をしないしお客さまの会話も遮《さえぎ》らないので、雰囲気作りにはぴったりだ。

今日は夕方から突然雨が降り始めた。昼過ぎまでは綺麗に晴れていたので、傘《かさ》を用意していなかった人も多いだろう。天気予報でも降水確率はそんなに高くなかったはずだから。予約客でも来るのをためらうのではないか、と思えるほどの豪雨《ごうう》だったが、幸い、キャンセルは一件も入らなかった。

僕《ぼく》たちは、いつものように慌《あわ》ただしく働いた。

午後八時半頃《ごろ》、新しいお客さまがひとり訪れた。店の入り口で対応した僕は、先日と同じように目を丸くした。

またしても高校時代の友人。今度はソフトテニス部で相棒だった、田之倉仲幸《たのくらのぶゆき》だ。仲幸は社会人になっても、ほとんど雰囲気が変わっていなかった。小柄《こがら》で、シルバーフレームの眼鏡がいまでもよく似合っていた。

人見知りするところがあるので取っつきはよくないのだが、じっくり付き合うと繊細で優しい男だとすぐにわかる。人の気持ちを敏感に感じ取る能力でいえば、僕よりも、仲幸のほうに軍配があがるだろう。もともと大人びた雰囲気があったから、背広姿でもまったく違和感はない。むしろ、学生服よりもこちらのほうが似合っていた。

傘を手にしているにもかかわらず、上下を雨で台無しにしていた。突然の雨に遭遇《そうぐう》し、慌てて、コンビニエンスストアでビニール傘を買った様子だ。それまでにかなり濡《ぬ》れたらしい。

仲幸はあたりを見回して「傘立ては」と僕に訊《たず》ねた。僕が誰《だれ》だか覚えていないような態度だったが、僕は気にせず「こちらです」と陶器製の傘立てを掌《てのひら》で指し示した。

傘をそこへ収めると、仲幸は再び口を開いた。「ひとりでも大丈夫ですか」

「はい。どうぞ、ご遠慮なく」そう言って、僕はレジスターを載せている台の引き出しから夕オルを取り出し、伸幸に手渡した。「よろしければ、こちらをお使い下さい」

「ありがとう」

テーブルまで案内すると、伸幸はタオルで上衣を拭《ふ》きながら「少し話せるか」と声をかけてきた。口調が高校時代に戻っていたので、なんだ、ちゃんとわかっていたんじゃないかと思った。だったら、あんなに他人行儀な態度を取らなくてもいいのに。

使い終えたタオルを受け取ると、僕は答えた。「この時間帯はまだ忙しい」

「じゃあ、日も場所も、あらためたほうがいいな」

「そうしてもらえると助かる。五年ぶりに顔を合わせておいて悪いんだが」

「いいよ。おまえの店じゃなくてラウンジかバーで話そう。今日は料理を楽しむだけで帰るよ」

「すまんな」

「メールアドレスは昔のままか」

「ああ」

「そちらへ送っても構わないか」

「いつでもどうぞ」

仲幸はプロセッコ・ディ・コネリアーノをハーフボトルで注文した。これはシャンパンと同じく発泡性の白ワインだ。前菜にはチーズと生ハムの温野菜添《ぞ》え、メインの料理には、からすみと水菜のスパゲティを頼んだ。

食べ終えると、美味《おい》しかったとも不味《まず》かったとも言わず、料金を支払って店を出た。なんのために来たのだろうと思うほど、あっさりした態度だった。こういう、ちょっと不思議な雰囲気が仲幸の特徴でもある。

だが、わざわざ店まで出向いたのだから、何か言いたかったはずだ。ホールの仕事に戻ろうとして視線を動かしたとき、仲幸が傘を忘れたことに気づいた。傘立てから引き抜いてあとを追おうとしたが、別のお客さまと鉢合わせしたので、店内へ戻らざるを得なかった。

雨はもうあがったようで仲幸は戻ってこなかった。そのまま駅前まで出たのだろう。ビニール傘とはいえ、お客さまの持ち物だ。こちらで勝手に処分するわけにはいかない。閉店してから僕は仲幸にメールを入れた。

『今日はありがとう。ところで傘を忘れているぞ』

『すまん』とすぐにメールが来た。『手間をかけさせるが、今度持ってきてくれないか』

僕もすぐに返信した。『わかった。待ち合わせの場所を教えてくれ』

2

ラファーノの定休日に合わせて、僕は伸幸と一緒に、ＪＲ三《さん》ノ宮《みや》駅の北側にあるバーを訪れた。

扉を開いた瞬間、焼きあがったベーコンの香ばしさと、融《と》けたチーズの匂《にお》いが押し寄せてきた。

わずかなテーブル席とカウンター席は、早い時間帯なので、まだすいていた。

カウンターの向こうでは、中年のマスターと若いバーテンダーが作業中。マスターはカウンター席の常連客とおぼしき男性と穏やかに話していたが、伸幸に気づくと「いらっしゃいませ」と快活に挨拶《あいさつ》し、お好きな場所へどうぞと促《うなが》した。

伸幸は一番奥のテーブル席を選んだ。椅子《いす》に腰をおろすと伸幸は言った。「ここはカクテルだけじゃなくて料理も美味《うま》い。知っていたか」

「いや、食べ物屋で働いていると、案外、こういう場所は盲点になってね」

「何にする」

「グラスホッパー」

「カクテルを選ぶときも甘口か。ちっとも変わってないな」

「おまえは」

「ブルームーンを」

おつまみのチーズの皿が置かれてからほどなくして、円形のカクテルグラスに注《つ》がれた薄緑色の酒が運ばれてきた。僕が注文したグラスホッパーだ。ホワイトカカオリキュールと生クリームとミントリキュールで作る甘口のカクテルで、カカオを使っているのでチョコレート風味に仕上がる。僕は甘味が好きなので、かっこいい辛口《からくち》のカクテルよりも、こういう、ほんわかしたものが好きなのだ。

ブルームーンもすぐに運ばれてきた。ほんのりと紫色を帯びた酒が、円錐形《えんすいけい》のカクテルグラスを満たしている。ベースはジン、レモンジュースで割ってある。バイオレットリキュールを使うので、こういう色になる。

仲幸はグラスを持ちあげると「ほんとに久しぶりだなあ」と、しみじみとした口調で言った。眼鏡の奥の瞳《ひとみ》には、この前よりも親しげな光があった。

僕は仲幸に訊ねた。「いま何をやってるんだ」

「貿易関係の仕事。毎日英語ばっかりで大変だよ」

僕はグラスの縁《ふち》に口をつけ、最近、これと似たような会話をどこかでしたぞと思った。

ミントが香るとろりとした酒が、喉《のど》の奥を滑り落ちていく途中で気づいた。

ああ、そうだ。

邦枝さんも同じことを言ったのだ。

『貿易会社で事務をやってるの。英語の書類ばかりで大変』

神戸は港町だから昔から貿易関係の会社が多い。地元で就職すれば、同級生が同系統の業種で働くのは珍しくない。

仲幸は訊ねた。「レストランの仕事はどうだ。うまくいってるのか」

「おかげさまで。兄さんたちが優秀だから、僕はずいぶん勉強させてもらっている」

「そうか」

「リニューアルしたときに、一回、案内状を送っただけだったな。覚えていてくれてありがとう」

「こっちこそ、すぐに行けなくてすまなかった」

「気にするな。来てもらえてうれしかったよ。何かきっかけでもあったのか」

「最近、邦枝優奈さんが、おまえの店によく通っているだろう」

「うん」

「今日は彼女の話をしようと思って来た。おれたちは大学の頃から付き合っていて、そろそろ結婚を考えているんだ」

「えっ」

「優奈は何も話していないのか」

「聞いていない。会社勤めの話と、海外小説を翻訳しているという話は聞いたけど」

「じゃあ、なぜ、おまえの店にずっと通っているんだろう。イタリア料理の店なんて、他にいくらでもあるのに」

「兄さんの料理を気に入ったんだろう。うちは固定客が多いんだ。何度も来たくなる味らしい」

「本当にそれだけか」

「他に何があるんだよ」

仲幸はブルームーンを飲み干し、グラスをテーブルに戻した。「何もなければそれでいい。だが、優奈が高校時代の思い出に引き摺《ず》られておまえに会っているのなら、さりげなく諭《さと》してやって欲しい」

「諭すって何を」

仲幸は返事をしなかった。

僕はグラスホッパーの中に、ないはずの苦味を覚えた。グラスをあけると「もう一杯注文しないか」と声をかけた。「僕はアイス・ブレーカーをもらう。おまえは」

「ジン・リッキーを」

困った流れになったなと思った。

邦枝さんと僕との間には、高校時代から何もない。

もともと色っぽい噂《うわさ》とは無縁だった女性だ。仲幸との間にも、具体的に何かがあったとは聞いていない。

ロックグラスに注がれたアイス・ブレーカーが運ばれてきた。テキーラをグレープフルーツジュースで割り、ホワイトキュラソーとグレナデンシロップを加えたカクテルだ。ほんのりとピンク色に染まった可愛《かわい》らしい外見に反して、味はさっぱりしている。

ジン・リッキーが運ばれてくると、伸幸は、トールグラスに沈んでいるライムの実をマドラーで強く押し潰《つぶ》した。ジンを混ぜた炭酸水が細かい泡を立ち昇らせる。「優奈に捨てられたらおれは身の置きどころがない」

「いきなり、そこまで話を飛躍させるかぁ?」

「気づいていなかったのか」

「何を」

「おまえは昔から妙に淡泊《たんぱく》だったが、いまも変わらんな」

「なあ、そんなに、いっぺんに話を進めないでくれよ。何がなんだかさっぱりわからないよ」

「高校時代、優奈はずっとおまえを見ていた。おまえだけを追っていた。気づかなかったのか」

「知らんぞ、そんな話」

「本当に?」

「ああ。今度うちの店に邦枝さんが来たら、おまえの話を訊《き》いてみるよ。素直に結婚の話を教えてくれたら、何も心配いらんってことだろう。それが手っ取り早くていい」

「そうしてもらえるとありがたい」

「ああ、ひやっとするなあ、こんな話」

「悪いね」

「とにかく僕は無関係だからな。変なふうに気をまわさないでくれよ」

仲幸の表情はまだ暗かった。僕のことは信用できても、邦枝さんの本心はわからないとでも言いたげな様子だった。

アイス・ブレーカーの冷たく冴《さ》えた刺激を味わいながら、僕は、もし邦枝さんが本気で僕に対してなにがしかの感情を持っているなら、どうしたものかと思案した。

高校時代の邦枝さんは、とてもきっちりとした性格だった。

婚約者との関係を清算して昔の知り合いのもとへ走るような、そういう奔放《ほんぽう》な印象はなかった。いまでもない。

大人になったら性格が変わる人は珍しくないが、邦枝さんは違うだろう。少なくとも、僕自身はそういう印象を受けなかった。

仲幸とはそれ以上深刻な話にはならなかったが、すべて水に流して会話がはずむという感じでもなかった。

かつての相棒だ。よけいな傷は負って欲しくない。僕は、ただ、おとなしく酒を呑み続けた。

仲幸も、それ以上は自分の内面を明かさなかった。

この日は適当なところで切り上げて、家へ帰るしかなかった。

仕事が終わったあととは違う、重苦しい疲労感が背中にのしかかってきた。

3

僕と仲幸との付き合いは、高校一年生の頃まで遡《さかのぼ》る。

ふたりとも十代の初めからソフトテニスをやっていたので、高校入学と同時にソフトテニス部に入った。

硬式テニス部はあっても、ソフトテニス部がない高校は多い。

僕たちの学校には、珍しく、両方のクラブがあった。

ただ、部員数はソフトテニスのほうが圧倒的に少なかった。だから、男子も女子も、ひとりの顧問がまとめて面倒を見ていた。

僕と仲幸は、顧問の采配《さいはい》でペアを組むことになった。

仲幸はシングルスの試合でも優秀だったが、ダブルスで前衛をふられると、いっそう華のある活躍を見せた。

小柄な仲幸は、見た目だけではスポーツが得意な男には見えない。眼鏡の印象と相まって、電気工作部や将棋部《しょうぎぶ》ですと自己紹介しても違和感のない、落ち着いた喋《しゃべ》り方をする奴《やつ》だった。

どんなスポーツでもそうだが、体力があれば試合に勝てるというわけではない。勝ち方には効率と論理が必要だ。それはソフトテニスでも同じである。

前衛の選手は、ネットぎわでのボレーやスマッシュによる攻撃が主体となる。

仲幸はこの駆け引きが上手《うま》かった。

たいていの選手は仲幸の小柄な体形を見て「うまく流せば球に手が届かないだろう」と判断するのだが、仲幸は選手の心理や球筋を読む能力に長《た》けており、素早く、どんぴしゃの位置まで移動できた。瞬発力もあったので、いつそこに来たのだと驚くほどの素早さで立ちふさがり、強烈な返球で相手チームを叩《たた》くのだ。

そんなとき相手の選手には、仲幸の小さな体が壁のように大きく見えただろう。

とはいうものの、本当に才能のあるスタープレーヤーというのは別にいて、学内で絶賛されていたのは、そちらの選手たちだった。

伸幸と僕は日陰の選手だった。

どんなに一生懸命コートを走り回っても、選手としての成績は二番手だった。

そして、学校内で「テニス部の××王子」と呼ばれる男子がいるのは硬式テニス部であって、ソフトテニス部が脚光を浴びる日は、ほとんどなかった。

硬式テニスの選手には、全国大会で活躍する機会だけでなく、プロ選手への道が開かれている。

だが、日本ではソフトテニスにプロの道がない。

四年に一度の世界大会へ出られれば、それが最高の名誉という地味なスポーツだ。

ソフトテニスは、その名が示す通り、硬式テニスとは球の硬さが違う。打ち合うのは、弾力のある柔らかいゴムボールだ。へこんできたらポンプで空気を入れ直す。こういう球は力を込めて打っても速度が出ない。硬式テニスよりも球速が遅いのだ。

だから、全力で走れば、ほとんどの場合コート内で球を拾える。硬式テニスでは、あっと思った瞬間にはもう球に追いつけないが、ソフトテニスだと必死に走れば間に合うのだ。

つまり、球筋を読むための時間的な余裕が硬式テニスよりもあるわけで、そのおかげで、後衛も前衛も、いろんな技を仕掛けられるのである。

仲幸と違って、僕は中学の頃から後衛ひとすじだった。

後衛に求められるのは、粘り強いフットワークとストロークの正確さだ。

コートの対角線上を飛ぶ遠距離返球の技術だけでなく、球にスピンをかけ、着地点からさらに球筋が伸びるような打ち方もする。

ロブにスピンがかかっていると相手はコートの外へ出て、そこから返球しなければならない。

遠くから返球された球はネット間際で速力を失う。

前衛の仕事は、そうやって飛んできた打ちやすい球を見極め、ボレーで予想外の方向へ落としたり、猛《もう》スピードが出るスマッシュで相手のコートへ叩き返すことだ。

後衛の僕が着実にラリーをつなぎ、前衛の仲幸がチャンスを見て奇襲《きしゅう》をかける。仲幸はときどき後衛の位置まで下がって相手の球筋を攪乱《かくらん》させ、前衛の位置へ走り込んで決め球を打つこともあった。

そんな仲幸は、僕にとってかなり頼もしい相棒だった。選手としても男としても、かっこよかった。

だが、なんといっても、僕らは二番手のプレイヤーだ。

スタープレイヤーみたいに、女子から騒がれることはなかった。

けれども、僕たちにはそのほうがよかった。

クラブ活動としてテニスを楽しんでいただけだから、スポーツで身を立てるなど考えもしなかった。

僕たちにとってより切実な問題は、どこの大学や専門学校へ進学するのか、あるいは、高卒の人材としてどこに就職するのかということだった。

伸幸はスポーツも勉強もできたが、僕から見ると、かなり不器用な男でもあった。

他人の内面を論理的に見抜くわりには、対応に迷うので優柔不断になる。相手を傷つけまいとして何もできなくなったとき、自分でもどうしていいのかわからず立ちすくんでしまう感じだ。それは人によっては、冷淡とも捉《とら》えられてしまう態度だった。

返事に困ってもごもごしている様子は、適当に耳に心地よい返事をするだけの人間よりも遥《はる》かに誠実だろうと僕は思うのだが、そういうニュアンスがなかなか伝わらないのが人間同士だ。特に若い時代にはそうだった。

たとえば、こんなことがあった。

バレンタイン・デーの頃の話だ。

プレイヤーを応援している女子が恥ずかしがらずに贈り物を渡せる日、それがバレンタイン・デーだ。誕生日のプレゼントは目立ってしまうが、この日は学校中でみんなが一斉に渡すので怖くない。自分のプレゼントを受け取ってもらえないという恐ろしい事態も回避できる。何しろチョコをもらえる男子は、いっぺんにどさっともらうので、いちいち個別に断ったりはしないのだ。

僕と仲幸はクラスが違ったので、放課後、クラブが始まるまでは別行動だ。仲幸は若干チョコレートをもらっていた。中には「放課後、杉原くんにも一緒にあげて」と言って箱をふたつくれた女子もいたのだが、なぜ、僕のところへ直接持ってこないのか。このあたりの女子の心理は謎《なぞ》だ。

ちなみに高校での三年間、僕は邦枝さんからバレンタイン・デーに何かをもらった覚えはまったくない。誕生日にもだ。僕たちは、その程度の間柄《あいだがら》だったはずだ。

仲幸のほうに話を戻すが、そうやってもらうチョコレートには、たいてい、贈り主の名前を書いたメッセージカードが入っている。いつもは小さなメモ程度だが、高校二年のときに伸幸がもらった箱には、普通サイズの封筒が添えられていた。

中には長めの手紙が一通。

そう、年に一度のお祭りに紛れて、本気で伸幸に告白した女子がいたのだ。

フルネームはもう忘れてしまったが、確か仲間うちでは、ユミちゃんと呼ばれていたと思う。

ユミちゃんが本気だったのは、手紙の内容から、伸幸にもよく伝わったらしい。

普段から押しの強い子だったわけではなく、迷いに迷った末に、思い切って行動に出たような印象だったという。

ふたりは放課後に近くの公園で話をした。

ユミちゃんは、テニス部の男子に夢中になるような、ごく普通の可愛らしい女子だった。

軽い気持ちから伸幸に声をかけたわけではなかった。

伸幸もそれはすぐに理解した。ユミちゃんに特に苦手意識を持っていたわけでもない。

普通ならここで、「じゃあ、普通の友達付き合いから初めてみようか」となるのではないか。

ところが、伸幸はその場で付き合うのを断った。

ユミちゃんを嫌いなわけじゃない、でもおれは女子に興味がない、卒業するまで学校中の誰とも付き合う気はないから、そのあたりは気にしないでくれ、と言ったそうだ。

ここまでならよくある話だが、仲幸はだめ押しするみたいに、もうひとこと続けた。

「おれは勉強以外ではテニスにしか興味がない。だから、おれにとって一番大切な相手は杉原だ」

ユミちゃんは当然ものすごくショックを受けた。だが、受け入れてくれない相手に、それ以上すがる気にはなれない。ぼんやりと、そう、そうなんだ、とつぶやきながら家へ帰ったという。

だが、多感な年頃だ。あまりにつらかったので、親友にだけは一連の話を打ち明けたらしい。

この話が、どこをどう巡って尾鰭《おひれ》がついたのか、仲幸はひどい奴だという噂が立って、しばらくは僕もこれに巻き込まれた。

女子たちが「田之倉くんは冷たい」と怒るのは無理もなかった。もうちょっと別の言い方があるだろうと僕も思った。しかも、最後に僕の名前まで出さなくてもいいだろう。なんで、妙な方向へ誤解されるようなことを言うんだ。

男子からの反応も面倒くさかった。

「女子から告白されて付き合わない男子なんていない。あいつ変だろう」

「ユミちゃんならいいじゃないか。何が不満なんだよ」

と、仲幸を責める男子は多かった。

仲幸がそれに対して「じゃあ、おまえが付き合えばいいだろう」と返したので、途端に場の空気が凍りついた。僕は皆の間に立っておろおろした。

話の持って行き方によっては、ユミちゃんの人間的な魅力についてまで否定する流れになってしまう。本人がその場にいないとはいえ、安易に口にしていいことではない。

僕は必死になって「こいつ、女子慣《な》れしていないから照れてるんだよ」とか「こういうのは打ち明けられたほうもびっくりするから、まともな対応はできないし」と必死になって仲幸の代わりに弁明し、「まあ、普通はちょっと付き合うけれど、こいつはテニス馬鹿だからなあ」みたいな感じで丸めて話が落ち着くように努力した。

おかげでその場はなんとか収まった。ざわざわした雰囲気は一ヶ月ぐらい続いたが、いつのまにか誰も何も言わなくなっていた。

ユミちゃんは、ふと気づけば、他の優しい男子と仲良くなっていた。皆から祝福されて、実にいい雰囲気だった。

仲幸からは「すまん」と謝られた。「まさか、こんな騒ぎになるとは」

「いいよ。おまえに、手際のいい配慮なんぞ期待していない」

「悪かった。ユミちゃんを泣かせる気はなかった」

「気にするな。よくある話だと思っておこう」

「女の子って、なんで、あんなに簡単に泣くのかなあ」

それはおまえがひどいことを言ったからじゃないかと反論したかったが、仲幸に悪気がないのはわかっていたから、ぐっとがまんした。「泣いたほうが早く吹っ切れるというぞ。黙って耐えていると、だんだん、こじらせていくんだ」

「あっ、そうなのか」

「うちの妹がいつもそう言っている。男がこじらせやすいのは、きちんと泣ける場所や機会が少ないからだって」

「でも、男子が泣いたら女子は笑うだろう」

「そんなことはない。もう変えていったほうがいいんだ。そんな世の中は」

僕が仲幸とうまくやれたのは、テニスプレイヤーとしての才能よりも、むしろ、こういう人間としての不器用さに惹《ひ》かれたからかもしれない。僕には、こういう奴のほうが安心できたのだ。もし、伸幸が完全無欠のスポーツマンで、女子から好意を抱かれることを当然に思うような奴だったら、僕は、敬意よりも反発や嫉妬《しっと》のほうを強く覚えたに違いない。そうでなくてよかったと思う。それほど伸幸を信頼していたし、好ましく感じていたのだ。

その頃から僕たちは、自分たちの将来についても深く話すようになった。

「田之倉はどこの大学に行くんだ。地元か。それとも東京か」

というような事柄《ことがら》を、部活が終わったあとの帰り道でよく語り合った。コンビニエンスストアで買ったジュースやパンを店の外で飲み食いしながら、何十分でも話し込んだ。オレンジゼリーめいた色の夕空が、青黒いインクの色に変わるまで、たわいもないことを次々と。学校の話、評判になっている映画や漫画の話、お互いの家の問題。

伸幸は「大学は地元のほうがいいな」とのんびりした調子で言った。「慣れない場所は苦手だ。刺激のない土地がいい」

「大学でもソフトテニス部に入るのか」

「正直なところ迷っている。関西の私大にはソフトテニス部を置いている学校もあるが、大学に行ってまで続ける必要があるのかと」

「僕はともかく、おまえが辞めるのはもったいないと思うぞ」

「杉原が一緒でないとつまらないんだ」

「僕ぐらいの選手、大学にもたくさんいるだろう」

仲幸が志望校として選んだ大学は、僕の成績ではどこもちょっと苦しかった。そもそも、大学で何かを研究するというイメージが頭の中に湧《わ》かなかった。

その頃から、父の体調がよくないことも気になっていた。

もしもの場合、母を手伝って、店で働いたほうがいいだろうと考えていた。進学しないという選択肢だ。会社勤めでもいいなと思った。僕にはそういう未来のほうが、より鮮明《せんめい》に思い浮かべられた。

うちの事情を知っていた仲幸は、やっぱり、おまえはお父さんの店を手伝うのかと繰《く》り返《かえ》し訊ねた。

僕がいつも「そうなるかもしれないなあ」と答えると、残念そうに「そうか」とつぶやいた。

「おれは世界大会に出たいわけでもないし、それなら高校を最後にテニスは辞めるかな」

「そう言わずに、とりあえず大学でも一度やってみたら」

「おまえみたいな後衛はいないから」

「そんなこたぁないだろ」

「いや、いないよ。たぶん」


クラブで使うテニスコートの周辺には、テニス部よりも先に部活が終わった生徒が、部員の練習が終わるまでよくたむろしていた。

女子部員の友達や、男子部員のファンである。

煉瓦《れんが》色《いろ》の歩道に鞄《かばん》を投げ出し、鉄網にもたれかかってお喋りしている姿をいつも見かけた。

邦枝さんも、その中に交じっていた。

女子は友達の練習だけでなく、男子部員の活動にも熱い視線を注いでいた。

騒がれるのはスタープレイヤーだけだから、僕たちは練習に集中できた。サーヴが入るとか入らないとかいう程度のことで騒がれては気が散る。むしろ、声援が飛ばないほうがありがたかった。

仲幸はいつも超然としていた。まるで耳栓《みみせん》をしているみたいに、女子の声が気にならないらしい。

同級生に交じってコートを見つめる邦枝さんの目は、他の女子と同じく、人気の男子部員に注がれていた。

もし、彼女が僕のほうを向いていたというのなら、いくらなんでも気づいたはずだ。

彼女が僕に対して積極的に声をかけることなどなかったし、そもそも邦枝さんはとてもおとなしい女子で、誰に対しても、小さな声で静かに喋っていた印象しかない。

正直に言うと、僕は、そういうタイプの女子が嫌いではなかった。

可愛い人だなとは感じていた。

だが、彼女は、決して僕と目を合わせようとはしなかった。

いや、練習中、一度だけ、正面から目が合ってしまったことはある。

けれども彼女は、表情も変えず、すっと目をそらした。

その先には仲幸がいた。

なるほど、そういうわけなのかと僕は納得したのだ。

邦枝さんは、他の女子と一緒に、よく試合の応援に来ていた。だが、別の男子選手に興味があるのだと、それまでは思っていた。実はそうではなく仲幸を好きなのではないかと感じたのは、この一件と、もうひとつの別の出来事からだ。

父の病気をきっかけに僕が大学進学を迷い、ソフトテニス部の退部を考えるようになった頃、ある日、邦枝さんは僕をロッカールームの外で捉まえ、部活は辞めないほうがいいと助言してくれた。

僕はその言葉自体よりも、彼女が、ひとりだけで僕と話そうとしたことに驚いた。いつもと違って声も大きく、決意に満ちた張りがあった。

なぜ、わざわざ、そんなことを伝えに来たのか。

不思議でならなかった。

邦枝さんは、「杉原くんがクラブを辞めると、田之倉くんが可哀想《かわいそう》」と口にした。「田之倉くんは杉原くんになんて言った？　クラブを辞めてもいいって言った？」

「僕が決めることだから自分には口を出せないと」

「それを言葉通りに信じたの」

「ああ」

「だめじゃない。嘘《うそ》に決まってるでしょう。田之倉くんは杉原くんが大切だから、じっとがまんしているのよ。そういう人だよ」

「あいつにそういう部分があるのは知っている。でも、僕にもどうにもならないし」

「杉原くん、もらってばかりじゃない」

「は？」

「田之倉くんの思いやりを、もらってばかりだと言ってるの」

僕はちょっとむっとして意地悪な返し方をした。「じゃあ、邦枝さんにも親切にするように、あいつに言っておこうか。邦枝さんは、いつもコートの田之倉を見つめているだろう。僕から伝えておくよ」

その瞬間、邦枝さんは目を丸くして、頬《ほお》を赤く染めた。

だが、むきになって言い返したりはせず、

「とにかく、ちゃんと話し合ったほうがいいよ。テニスのペアって、そう簡単にいい相手が見つかるわけじゃないんでしょう。即席では試合に勝てないし」

「確かにそういう部分はあるけれど」

「どんな進路を選ぶにせよ、田之倉くんには、いい思い出を残してあげて。杉原くんが大学へ行かないなら、なおさらのこと」

ああ、やっぱり邦枝さんは密《ひそ》かに伸幸を好きなのだな、と僕は深く感じ入った。でも、ユミちゃんの一件があったから、気持ちを打ち明けにくいのだろう。

つまり、僕の心配をしているのではなく、僕を通して、伸幸への気持ちを発散しているのだ。そのまっすぐではない熱意の注ぎ方は、わからないでもなかった。

ようするに、男子と同じく屈折しているってことだ。本当に言いたいことが言えず、変なところから攻めてくる。だが、本人はいたって真面目《まじめ》で真剣なのだ。

それで僕は「クラブを辞める」のをやめ、予定通り、三年生まできちんと全国大会の試合に出た。

毎年、全日本高等学校選抜ソフトテニス大会は三月末。全国高等学校総合体育大会ソフトテニス競技大会は七月末から八月初めにかけて。国民体育大会ソフトテニス競技は九月末か十月初旬だ。

僕と伸幸は結構がんばって、選抜ではベスト4、あとのふたつではベスト8まで残った。優勝も準優勝もできなかったが、試合では、伸幸の見事なネットプレイで応援席を沸かせた。僕も久しぶりに家庭の悩みから解放され、気持ちよく、のびのびと球を打てた。

この年の試合は、これまでで最高の成績だった。

大会が終わると伸幸は大学受験の準備に集中し、僕は就職先を探し始めた。

高校を卒業すると伸幸とは少しずつ距離が開き、やがて、まったく連絡を取らなくなった。

お互いに忙しかったし、僕たちが最高に盛り上がったのは最後の大会で、そのとき、すべてを燃やし尽くしてしまった感があった。

脱皮して姿の違う生き物になったかのように、僕たちの付き合いは消失した。

伸幸を忘れていたわけではない。

ただ、社会へ出ると、往々にしてあることだ。

そのうち同窓会に出席すれば、また気軽に声をかけ合える仲に戻れるんじゃないかと、僕は呑気《のんき》に構えていた。

ラファーノで、邦枝さんと伸幸の両方に再会するまでは。

4

邦枝さんの次の来店日、僕は料理を出す前に「あとで少し話したいんだけど、いいかな」と訊ねてみた。

邦枝さんは不思議そうに「お店、まだ仕事があるんじゃないの」と言った。

「兄さんには断りを入れてあるから。ほんの一時間ぐらいだ。近くの喫茶店で」

「お父さんのバルでいいよ。一階下なんでしょう」

「あそこはオジサンだらけだし煙草《タバコ》を吸う人もいる。深夜まで営業している店があるだろう。あそこにしよう」

そのあと、僕は、邦枝さんに二回目の料理を作った。

前菜は、プロシュート・クルードのメロン添えと、鰹《かつお》のグリルだ。

邦枝さんは白ワインをグラスで注文し、料理を待った。

プロシュートとはハムのことだ。塩味の強い食材なので、薄切りにして、甘いメロンの果肉と合わせて食べると、相乗効果で抜群に美味しくなる。

鰹は網で炙《あぶ》って水分を飛ばせば、旨味がぎゅっと凝縮される。魚特有の生臭さも消え、表面に香ばしい美味しさを引き出せるが、焼きすぎると身がぱさぱさになるので、これは彩子に任せた。最後にトマトと黒オリーブで作ったソースをかけ、ミニトマトとルッコラで飾る。飾り付けは僕の担当だ。

皿は僕が自分で運んだ。

「前菜二種盛り合わせです。プロシュートはメロンと一緒にお召しあがり下さい。こちらは炙り鰹のトマトソースがけです」

「ありがとう」

メインは鶏《とり》の白ワイン煮込みとした。

ジャガイモを洗い、皮を剝《む》き、三センチ角に切る。タマネギはみじん切りにして炒《いた》めた。それから、下ごしらえを済ませた鶏に塩と胡椒《こしょう》をふり、小麦粉をまぶした。鍋《なべ》にオリーブオイルを流して、先ほどの鶏をソテー。

熱くなった油が跳ねて、いい香りが漂い始めた。

焦がさないように気をつけながら焼く。

焼きあがったら、炒めておいたタマネギとジャガイモを加え、白ワインとブロードで煮る。煮あがる直前に、ローズマリーとガーリックとタイムを加えた。これで、ハーブの香りがしっかりついてくれる。

できあがった鶏とジャガイモを皿に移し、塩茹《しおゆ》でしたインゲンを添えた。シンプルな料理だが、ハーブが淡泊な鶏の味を引き立ててくれてとても美味しい。この皿も僕がテーブルまで運んだ。

料理のあとのドルチェには、ズッパ・イングレーゼを選んだ。

このデザートはイタリアンではティラミスに並ぶ定番菓子だが、このあたりでは出している店が少ない。

チョコレートクリームとカスタードクリームをガラスの器に二層になるように流し込み、トップに角切りのスポンジ生地を盛る。そのあと、アルケルメスという名前の甘いリキュールを垂らして仕上げる。このリキュールのおかげで、スポンジが華やかな紅色に染まってとても綺麗なのだ。アルケルメスは薬草系のリキュールなので、香りが苦手な人には、グレナデンシロップを混ぜたキルッシュで作ることもある。このほうが癖のない仕上がりになる。

皿を運ぶと邦枝さんは歓声をあげた。ズッパ・イングレーゼは初めて見るお菓子だと言った。

あまりにうれしそうなので、このあとの話し合いを想像すると少し気がひけた。

だが、伸幸との約束なので仕方がない。


邦枝さんが食事を終え、いつものように料金を支払って店を出て行くと、僕はスタッフルームへ駆け込んだ。

エプロンを外し、調理服からTシャツとジョガーパンツに着替え、コックシューズをキャンバスシューズに履《は》き替《か》える。

兄さんたちにひと声かけてから、店の外へ出た。

夜のJR元町駅付近は、東西に伸びる線路沿いに大勢の通行人が溢《あふ》れかえる。

そこにはレストランや居酒屋が入ったビルが建ち並び、細い路地には昔ながらの小料理店やスナックがびっしりと軒《のき》を連ねる。

昼間のように明るく電飾が輝き、生ぬるい大気を喧噪《けんそう》が満たしていた。

いい具合に酔っ払った中年の男女や、二次会へ向かうにぎやかな集団をうまく避《よ》けながら、僕は待ち合わせの場所へ向かった。

邦枝さんはビルの傍《かたわ》らで不安げな顔をして待っていた。

僕たちは近くの喫茶店に入った。空きテーブルがあったのですぐに座れた。

料理を食べたばかりなので、邦枝さんはアイスハーブティーを選んだ。僕はアイスコーヒーを注文した。

話って何、と切り出した邦枝さんに、僕は告げた。「少し前、うちの店に田之倉伸幸が来た」

「えっ。なんで」

「久しぶりだから近況報告みたいな感じかな。君と結婚するって言ってた」

「あっ、もう話したの」邦枝さんは照れ隠しのように笑った。「わたしが自分で連れてきて、杉原くんをびっくりさせようと思っていたのに」

「そうなのか」

「そうよ」

「本当に?」

「結婚式の案内状も出すつもりだった」

「最初から話してくれればよかったのに」

「急いで話すことでもないでしょう」

「それはそうだが」

「わたしは、ラファーノに美味しいイタリアンを食べに来ているだけよ。私生活の話まで関係ないでしょう」

「でも大事な話だろう。男にとっても女にとっても、結婚は、とても大きな問題だ」

邦枝さんは僕から視線をそらすと窓の外を見つめた。困ったような顔をしていた。そのまま口を開いた。

「お父さんが病気にならなかったら、杉原くんも大学へ行っていたはずでしょう。でも、現実には行けなかった。もしかしたら行く方法があったのかもしれないけれど、杉原くんはそういう道を選ばなかった。選ばなかった代わりに手に入れたものはなんだろう。摑《つか》んだ未来の形は。料理の腕前はその成果だと思う。食べれば、杉原くんがどんな生き方をしてきたのか、いま、どんなふうにしあわせなのか、きっとわかると思った。わたしはそれを知りたかっただけ。でも、それは、わたしの生活とは切り離して考えて欲しい」

そんな難しいことを考えていたのかと僕は驚いた。料理なんて、腹が減るから食べるだけじゃないのか。たとえ、より美味しいものを食べたいという欲求があったとしても、根本にあるのは素朴《そぼく》な食欲のはずだ。誰かとの関係性を想いながら食べるなど、僕には想像もつかない。

邦枝さんは、再び、こちらへ視線を戻した。「迷惑だったらもう行かない。仲幸さんを悩ませるのはよくないし、杉原くんにも迷惑はかけたくない。お料理ありがとう。美味しかったし、楽しかった。でも、もう終わりでいいよ」

「予定では、あと一回分、残っているけれど」

「仲幸さんに食べてもらって。そうすれば、杉原くんがどれほど真剣に仕事をしてきたか、お客さまを選ばずに公平に働く人なのか、仲幸さんにも伝わるでしょう。今日までの話は、わたしから仲幸さんに説明する。そのほうが、こじれなくていいから」

「そうだね。邦枝さんが自分で話してくれるなら、仲幸も落ち着くだろう」

「じゃあ、そうしておくね」

あまりにもあっさりと言うので、僕はどこか釈然《しゃくぜん》としない気分になった。

僕は決して、邦枝さんから特別な感情を打ち明けられることを期待していたわけではない。仲幸が心配しなくて済むように、手早く、簡単に解決できればいいなと考えていただけだ。

それなのに、もういいよと言われると、これまでのすべてを、ひどく蔑《ないがし》ろにされたような気分になった。

僕は、きっちり三回分作るつもりだったのだ。邦枝さんのために自分で考えた料理を。伸幸の件が絡《から》んできてしまったとはいえ、なぜ、あともう一回の機会を、自分から捨ててしまえるのだろう。僕への頼みは、その程度のものだったのか。そんなことに、僕は兄さんたちと一生懸命話し合って準備したのかと思うと、両肩から、がっくりと力が抜けた。

そのあとは残りのコーヒーを飲んだだけで、もう何も話し合わなかった。

喫茶店を出たあと、邦枝さんは少し名残惜《なごりお》しそうだったが、僕は手を振ると、すぐにラファーノがある方向を目指した。

ビルまで戻り、エレベータに乗り込んだとき、なんだかすごく情けない気分になって、なおさらひどく落ち込んだ。

これで終わりになるなら、邦枝さんを駅まで送っていってあげればよかった。

これで最後になるなら。

5

あの頃に時間を戻したいとか、あのときこうしておけばよかったとか、僕はそういう形で過去を振り返った覚えがない。

選択とは、他の可能性を捨ててしまうことに他ならない。

捨てたものを振り返っても仕方がない。人間の一生は、それに時間を費やす余裕があるほど長くはない。

だから、今度もそうすることにした。

邦枝さんはもう来ないよと兄さんたちに告げると、彩子から何があったのだと訊かれたが、僕は「別に」と答えておいた。「結婚式の予定があるそうだから、そろそろ忙しいんじゃないかな」

「本当にそれだけ？」閉店後のホールで片づけをしながら、彩子は僕にしつこく食い下がった。「和樹兄ちゃん、彼女に変なことを言わなかった？」

「なんで僕が」

「昔好きだった子なんでしょう」

「好きとかそういう問題じゃない」

「人間の心って複雑よ。自分で思っているほど自分をわかっているわけじゃない」

「だからって、おまえに何がわかる」

「こういうのはね、結婚式の前に清算しておいたほうがいいよ。わたしの友達で、結婚式の一ヶ月前に婚約を破棄された男の子がいてね。相手の女性が、たまたま学生時代に好きだった男性と再会して、昔の恋が再燃しちゃったんだって。結納《ゆいのう》も済ませたあとよ。当然、大騒ぎになった」

「まあ、そういうこともあるんだろうよ」

「和樹兄ちゃんの態度ひとつで、同じようになるかもよ」

「何を言ってるんだ。僕は邦枝さんと結婚するつもりなんてないぞ」

「じゃあ、どうして落ち込んでいるのよ」

「落ち込んでるんじゃない。せっかく三回目のメニューをあれこれ考えていたのに、無駄《むだ》になったのが悔しいだけだ」

「あのね。せっかく再会できたんだから、友情をぶち壊しちゃだめでしょう。学生時代の思い出、全部、嫌《いや》なものに変えてしまうつもり?」

部外者なのに本当にうるさい。彩子はいつもこんな感じだ。人の気持ちに遠慮がないことは、美点にも欠点にもなる。

「僕はややこしい人間関係に翻弄《ほんろう》されるのはごめんだ。ラファーノの仕事だけをしていたい」

「和樹兄ちゃんの問題なんだから、和樹兄ちゃんが自分で処理しなきゃ」

「だから、僕の問題じゃないと言ってるだろう」

手にした布巾《ふきん》を思わず握りしめてしまった。

自分がなぜ苛立《いらだ》つのか、自分でもよくわかっていた。

伸幸を安心させてやりたい、邦枝さんにもしあわせになって欲しい。心の底からそう思っているのだが、三人の間でうまく歯車が嚙み合っていない気がする。このまま放置しておくとまた揉め事が起きそうで怖い。

バーで伸幸から言われた言葉を思い出した。

『高校時代、優奈はずっとおまえを見ていた。おまえだけを』

あのときは、そんなことがあるものかと思った。

でも、本当に、あれが本当の話だったら。

どんな形で、どんな想いで、邦枝さんは僕を見つめていたのか。

訊いておくべきだったのだろうか。伸幸の心を傷つけてでも。

「マリッジ・ブルーってことも考えてあげて」と彩子は続けた。「女の人も男の人も、結婚前になると精神的に落ち着かなくなるの。結婚自体に疑問を抱いて、そわそわするというか、怖《こわ》くなるというか」

「おめでたい話なのに？」

「結婚って、家族ぐるみで赤の他人が一緒に生活するわけでしょう。好きとか嫌いとかいう単純な感情だけでは決着がつかないことを、たくさん抱《かか》え込《こ》んじゃう。だから、結婚前から疲れちゃう男女は多いの。むしろ、そのほうが当たり前なんだって。結婚雑誌は、しあわせしか待っていないような記事しか載せない。マスコミもそういうことを優先的に伝える。でも、あれって、ものすごく嘘っぽいと思う。そんなに、いいことばかりあるわけないじゃない。もうみんな嘘だとわかっているから、結婚なんてごめんだと思う人も出てくるのよ。わたしも、ひとりのほうがずっといいな」

「えっ」

「変なところで驚かないでよ。結婚は、したい人はすればいいし、したくない人はしなければいいでしょう。わたしも他人から押しつけられるのは嫌だな」

「うーん。そういうものなのか」

「なんなの」

「女の子は、みんな結婚したいものだと思っていたよ」

「女の子同士で結婚するならいいかもね」

「ええっ」

「なんで、いちいち驚くかなあ。和樹兄ちゃんだって、真面目に結婚について考えたことなんて、まだ一度もないんでしょう」

「それはそうだが」

「だったら余計に、これから結婚する人は大切にしてあげて。悩みを解決してあげるのが友達ってものでしょう。邦枝さんと田之倉さん、どちらでもいいけど、和樹兄ちゃんが手助けできることはあると思う」

彩子はテーブルを拭く手を休め、椅子の背にもたれかかった。「邦枝さんと田之倉さんとの関係は、ふたりで話し合って決めるしかない。そこは、和樹兄ちゃんには絶対に立ち入れない」

「わかっている」

「でも、違う面では助けられるかも」

「高校時代、邦枝さんは、いつも他の女子と一緒だった。集団の中のひとりだ。僕が一番よく話していた相手は仲幸や他の男子だ。女子じゃない。だから、今回のことは正直なところ困惑している。どこに感情の発端《ほったん》があるのかわからないんだ」

「邦枝さんと田之倉さんは、当時、どうだったの」

「仲幸は、まったく女子に興味を持っていなかった。だから、邦枝さんと結婚すると聞かされたときには、かなり驚いた。女そのものに興味がない奴だと思っていたから」

「それは田之倉さんが、最初から、邦枝さんだけを好きだったからじゃないかな。好きな女の子がいなかったんじゃなくて、邦枝さん以外の女子に興味がなかったんじゃ」

「複雑だなあ。頭がパンクしそうだ」

「和樹兄ちゃんが、恋に淡泊なだけだと思うけど」

「いずれにしても、ふたりをしあわせにしてあげるのが、親友である和樹兄ちゃんの役目よね。うちはレストランだし、料理でふたりを祝福できたら素敵だと思うな。料理で人をしあわせにするの」

「そうかなあ」

料理で人をしあわせにする。

言葉としては素敵だが、何をどうすればそれができるのか、僕には見当もつかなかった。

第三章　優奈

わたしは、杉原くんを困らせるつもりで、あのレストランに通っていたわけじゃない。

そう、わたしの中では、杉原くんは未《いま》だに、苗字《みようじ》に「くん」がつく人だ。もう社会人なのだから「杉原さん」と呼ぶべきなのに、わたしにとっては「杉原くん」という呼び方が一番しっくりくる。

高校の頃《ころ》、本当は「和樹くん」と呼べればいいなと思っていた。

でも、言えなかった。

そんな呼び方ができるのは、お互いにお互いのよさを認め合って、周囲からも自然に祝福されるようになってからだと考えていた。ユミちゃんたちみたいに。

いま、わたしにとって、そういう関係にあるのは伸幸さんだ。

わたしにとって、彼はもう「田之倉くん」ではなく「伸幸さん」。そう呼んでいい人だ。

高校時代を思い出すと信じられない。あの頃に友達だった何人が、仲幸さんとわたしが結婚するなんて想像しただろう。

わたしも、なんで仲幸さんでいいと思ったのか、はっきりと言葉にはできない。

ただ、真剣にわたしと向き合って話してくれる彼のそばにいるうちに、これからも、ずっとこの人と一緒に暮らすんだと思えるようになった。理屈じゃない。体と心が納得したのだ。

喫茶店で杉原くんと話したあと、わたしはひとりで家に帰った。杉原くんが無理をして駅まで送ってこなかったのは、ちょっとだけほっとした。駅まで一緒だったら、また気持ちが揺らいでしまったかもしれない。

部屋の隅《すみ》に鞄《かばん》を置き、服を脱ぐと、すぐにお風呂《ふろ》に入った。ハーブの香りがするお気に入りのシャンプーで髪を洗い、石鹸《せっけん》を泡立てて全身にぬりたくり、少し強めの水流でシャワーを浴びると、ようやく気持ちが少し軽くなった。

風呂場から出て髪を乾かし、肌のお手入れをしてから、キッチンでミネラルウォーターを飲んだ。

自分の部屋へ戻り、ベッドへ倒れ込む。

今日の夕食をじんわりと思い出した。

ラファーノのお料理。杉原くんが選んで、杉原くんがお兄さんたちと一緒に作ってくれた食事。

美味《おい》しい生ハムとメロン。

炙《あぶ》り鰹《かつお》。和食のたたきとは、またひと味違った美味しさが新鮮だった。鰹とトマトがあんなに相性がいいなんて驚きだ。

鶏《とり》の白ワイン煮込みは、シンプルな料理なのに、ハーブの取り合わせで鶏の美味しさがとても引き立っていた。ハーブについてもっと詳《くわ》しく知りたくなった。

そして、最後のズッパ・イングレーゼ。あれは素敵、本当に素敵。イタリアにあんなお菓子があるなんて知らなかった。他のお店に行ったときにも探してみよう。

トラットリアは肩の凝《こ》らないイタリアンを出す大衆食堂だ。日本の食材を使ってそれを作る店は、杉原くんの性格にぴったり合っているように思える。できれば、ずっと食べていたかった。でも、もうあのお店には行けないだろう。

目を閉じると、高校時代の杉原くんの姿が浮かぶ。

テニスコートでネットぎわを攻める伸幸さんと違って、杉原くんはいつも後方で走り回っていた。

後衛の役目は、相手が打ち込んだ球を着実に返し、自分のパートナーである前衛のために、決め球を打つチャンスを作ることだ。

単に返球するだけでなく、相手が打ち返しにくい球を戻す技術が求められる。

低い球を返すと、相手の前衛にボレーやスマッシュを決められてしまうから、前衛の頭上を越えていく高さの球や、後衛が打ち返しにくい球筋を選ばねばならない。

山形《やまなり》の球を返すと簡単に打ち返されてしまうので、いろいろと工夫がいる。相手のコートに着地したあと、遠くまで伸びる球とか。着地のあと、角度を変えて跳《は》ねる球とか。

ラケットの面で擦《こす》るようにボールを捉《とら》えると返球に回転が加わり、着地したときに球の伸び方や跳ね方を変えられる。

わたしはそういうことを、図書館にあったテニスの入門書で読んだ。

練習試合を注意深く見てみると、杉原くんが教則本通りにラケットで球に回転を与えている瞬間を確認できた。

胸がどきどきした。

自分だけが秘密に気づいたみたいに感じられた。

知識があると、選手のかっこよさがどこから来るのかわかる。テニスというスポーツを、ますます好きになった。

ソフトテニスの試合は、硬式テニスと違ってほとんどTV放送されない。

十月に大きな大会があるので、それが一時間半ほど流されるだけで、あとは特番とかテニス教室とか、そんな程度。

だから、ネット配信で試合の撮影記録を観《み》るほうが多かったけれど、観れば観るほど面白さが増した。杉原くんが夢中になる理由が、自分にもわかる気がした。フォアハンドやバックハンドを使い分けながら、いろんな種類の返球で、相手チームに揺さぶりをかけていく後衛は、地味だけどかっこいい。

ソフトテニスの選手は、硬式テニスの選手と比べるとよく走る。

硬式は打ち合う球の速度が速いので、抜かれたと感じたらもう追いつけない。だから選手はあまり走らない。無駄に体力を使うのを極力避ける。硬式テニスでは、相手が追いつけない場所へ速球を叩《たた》き込むことと、相手の球筋を読んで打ち返せるポジションを取ることが駆け引きの要《かなめ》となる。

だが、ソフトテニスは違う。

ソフトテニスのボールは柔らかい。ゴム製で中に空気が入っている。使っているうちに空気が抜けてへこんでくるので、専用の空気入れで中身を足してやる。ソフトテニスのボールをよく観察すると、柔らかい外皮に一ヶ所だけゴムが固い部分があって、ここに針を刺すと、外部から空気を入れられるのだ。わたしも少しだけ手伝ったことがある。空気入れは掌《てのひら》に収まるほど小さかったが、地道に繰り返し押し続けると、徐々にボールが膨らんでいった。

充分に膨らんだボールを使うと、意外なほど跳ね方が変わった。ボールの手入れは大切な作業なのだ。

こういう柔らかいボールを使うので、ソフトテニスでは球の速度が遅く、強い力で相手に打ち返されても走ったら追いつける場合が多い。だからソフトテニスの後衛は、コート中を駆け回って懸命に球を拾う。

わたしは、杉原くんが力強くコートを走り回ってる姿が好きだった。

サーヴを打つときの、しゅっと体を伸ばす姿も好きだった。猫みたいにしなやかな動作で、わたしもテニスをやったらあんなふうにしゅっとした体になれるのかなと、ぼんやりと憧《あこが》れたりもした。

在校中、何度かソフトテニス部に入ろうかと思ったことがある。でも、女子と男子は別々に練習していたし、わたしは自分がテニスをしたいわけではなく、テニスをしている杉原くんを見るのが好きだったのだ。

好きといっても、自分から、この気持ちを打ち明けはしなかった。

そもそも、テニスプレイヤーとしての杉原くんが好きなのか、杉原くん自身を好きなのか、わたしにはよくわかっていなかった。

大学受験へ向けてのプレッシャーの中で、ちょっと息抜きをしてみたくなった程度の好きなのかもしれない、と思ったりもした。

そうやって、懸命に理由を探さねばならないほど、あの頃のわたしは人を好きになる意味をまだよくわかっておらず、わかっていないことを元に自分の行動を決めるのが恐ろしかった。

何年も経過したいまなら、当時の気持ちをうまく解釈できる。

本気で誰《だれ》かを好きになったとき、人は、まっすぐに相手を見る場合もあれば、何かと理由をつけて道を迂回《うかい》してしまう場合もあるのだ。

いきなり全速力で走り出すと息切れしてしまうから。勢いをつけたあまり、相手の前を通り過ぎてしまうこともあるから。

少なくとも、あの当時は無理だった。

感受性は強いのに、他人の心や自分の心を読み取る能力が極端に低かった。若い頃にはありがちな話だ。

わたしは、いつも杉原くんだけを見ていたけれど、杉原くんはわたしの視線に気づかなかったようだ。

一緒にいる女子が、みんな、人気のある男子を応援していたからだろう。

大勢が同じ方向を見て騒いでいたら、その中のひとりだけが違う人を追っているなんて、普通は想像もしないに違いない。

杉原くん自身も、女の子に全然興味がないように見えた。いつも試合の行方だけを見つめている感じだったし、多くの男子がそうであったように、気心の知れた男子と一緒に騒ぐほうが好きな人だった。

それが潔《いさぎよ》くも感じられた。欲しいものは自分で決めるというその態度が。

あの頃のわたしは、自分で自分が欲しいものを探すよりも、そうやって自力で前を向いている人のそばにいるほうが、ずっと楽しかったのだ。

トラットリア・ラファーノでの杉原くんとの一件を、わたしは頃合《ころあ》いを見計らって仲幸さんに話した。杉原くんから仲幸さんと会った話も聞かされたと打ち明けた。

事実だけを話した。

たまたま友達に連れていかれた店がラファーノだったこと。

杉原くんとは、高校卒業以来、これが初めての再会だったこと。

十代の頃、わたしが杉原くんに好意を持っていたのは確かだ。

けれども、わたしはそれを打ち明けずに卒業してしまったし、いまさら何をどうするつもりもなかった。甘く懐かしい思い出に浸《ひた》りながら、美味しいイタリアンを頂くこと自体は、とても楽しかったけれど。

仲幸さんはわたしをとがめたりせず、静かに話を聞いてくれた。

よかった、これなら軽く流して終われそうだと思っていたら、最後に仲幸さんは言った。

「優奈に何か考えがあるなら、おれは将来のことを考え直してもいい。どうだろうか」

あまりにも率直に切り出されたので、わたしは一瞬言葉を失った。

最初に考えたのは、仲幸さんは、そこまで怒っていたのかという恐怖だった。たったあれだけのことで、すべてが壊れてしまうのかと。

わたしは勇気を奮い起こして口を開いた。「そんなふうに言わないで。わたしたちの将来については、別の話として考えて欲しい」

「高校のときから気づいていた。君が見ていたのは杉原だけだ」

「でも、付き合ったりはしなかった。それは仲幸さんもよく知っているでしょう。杉原くんの親友だったんだから」

「人の心は自由だから、何年か経《た》ったら変わることもある。大人になった杉原は、とてもりっぱだったろう」

「ええ、社会人としてはね」

「杉原はおれにとっても大切な人間だ。でも、優奈はもっと大事だ。だからこの際、ちゃんと考え直したほうがいいかもしれない」

「じゃあ、わたしたちが積みあげてきた時間や思い出はどうなるの。あれを全部なかったことにしてしまうの」

「なかったことにはならないけれど」

「だったら、このまま一緒にいてよ」

その日からあとも、仲幸さんは声をかければ普通に会ってくれた。よほど忙しいとか体調が悪いとかいうとき以外は、これまでと変わらず、わたしに付き合ってくれた。

でも、ひとつだけ変わった部分がある。

イタリアンのお店で食事をしてくれなくなった。

どれほど席があいていても、リーズナブルなお店でも、「いま、そういうのを食べたい気分じゃないから」と断るようになった。

トラットリア・ラファーノと杉原くんを連想するからか。

わたしはその場では「じゃあ、別の店を探そう」と流していたが、こんなにはっきりした形で抵抗されるとは想像もしていなかったので、ときどき泣きたくなった。

仲幸さんについては、なんでもわかっているつもりだった。

なんでもわかっているまま、一緒に暮らし始めるのだと思っていた。

それが突然、知らない人と顔を合わせているような気分になった。

じっくり話してみると、仲幸さんは仲幸さんのままだった。会話がはずんでくると、不安は自然に消えていく。

けれども、何かの拍子《ひょうし》に、すっと暗い影が忍び込んでくる感触があった。

自分が試されているような気がした。

あるいは逆に、仲幸さんのほうがわたしという人間を理解できなくなって、付き合いをためらっているようにも見えた。

わたしは仲幸さんの態度を、優しさから生じる愚直さと考えればいいのか、気の弱さから生じる猜疑心《さいぎしん》と捉《とら》えればいいのか、わからなくなった。

仲幸さんは優しい。

いつもいつも優しかった。

普通の人と比べると少し思考の筋道を追いにくい部分はあったし、それが、ときどき妙《みょう》に調子っぱずれに見えることはあったが、わたしはそういう性質も含めて可愛《かわい》いと思っていた。

でも、杉原くんの存在を間に挟《はさ》むと、わたしたちの態度はどこかぎこちなくなり、会話が途切れた。触れ合うことさえ躊躇《ちゅうちょ》するようになった。

わたしは、人間というものが、わからなくなってきた。

どんなに深く付き合っても、人と人とのつながりは、一瞬で、簡単に壊れてしまうのだろうか。

大切に育ててきた植木鉢の花が、ある日突然、急に枯れ始めてうろたえる。あの感じにとても似ていると思った。

きちんと水もあげてきた。肥料も撒《ま》いた。

虫がついたり病気にならないように観察もしてきた。なのに、予想していなかった気候の変化であっというまに枯れてしまう、あのがっかりした感じに、いまのわたしたちの関係はとても似ていた。

何が、どこでずれてしまったのだろう。

一緒に歩いていたはずなのに、いつのまにか、わたしたちは道の端《はし》と端とに大きく離れている。

第四章　朋友

1

奇妙な夢を見た。

夢の中で僕《ぼく》はトラットリア・ラファーノの厨房《ちゅうぼう》にいて、義隆兄さんたちと同じく、いや、それ以上に忙しく働いていた。

夢の中の僕は、既《すで》に、いっぱしの料理人だった。

堂々と料理を作り、カウンターの上に素早く並べる。

それをお客さまのテーブルまで運ぶのは、曽我くんではなく、うちの制服を着た邦枝さんだった。

邦枝さんはホールをひとりで取り仕切っている。

できあがった料理を運ぶだけでなく、ワインの栓《せん》を上手にあけ、一滴もこぼさずグラスに注ぎ込む。

お客さまからの質問にも的確に答える。

レジ打ちもてきぱきとこなす。

そして、この世界には、伸幸が存在していなかった。

僕の意識はそのように把握《はあく》していた。

存在しない者を意識できるというのは辻褄《つじつま》が合わないが、とにかく僕の意識には「この世界には田之倉伸幸という人物は存在していない」と刻まれており、それに対してなんの疑問も抱いていないのだ。

義隆兄さんとの会話や店内の様子から察するに、この夢の中で邦枝さんと僕は夫婦であるらしい。

ラファーノの経営は順調なようだ。

邦枝さんが手伝ってくれるのを、皆、とても喜んでいた。

仕事が終わると邦枝さんと僕はラファーノの近くの自宅へ戻り、風呂《ふろ》に入って落ち着いたあとは一緒に布団の中へ入る。邦枝さんの肌はしっとりと温かく、軽く寄り添っているだけで、僕たちはお互いの境界が融《と》け合っていくのを感じた。すべてが僕のものに思えた。

夢の中の生活では、まだ子供はいないようだ。

子供はいてもいなくてもいいと思っていた。それよりも僕たちは、まだ、お互いをもっと知りたがっていた。心と体の隅々《すみずみ》まで。

夢の世界でのラファーノは、支店を出せそうなほどうまく回っているらしい。

ふたりで独立して小さなお店を経営してみようかと、僕たちは布団の中でそんな話をゆったりと続ける。


目が覚めてから、僕はベッドの上で、しばらく呆然《ぼうぜん》としていた。

今日は定休日なので、いくらでも休める。もうしばらく、ぼうっとしていられる。

夢の内容は、あまりにも生々しかった。

まるで、もうひとつの現実みたいだった。

本当は、いま、僕が目をあけている現実のほうが夢で、実は、夢で見ていた世界のほうが現実なんじゃないか。

そんなことを考えていると、喉元《のどもと》へ何かがこみあげてきた。

夢は自分の願望であるだけでなく、やってはいけないことを先回りして警告してくれる性質も持っているそうだ。

僕にその気がなくても、事態が予想外の方向へ転がったとき、それをきちんと拒《こば》めるように、僕の無意識は一番ひどい夢を見せてくれたのかもしれない。だとすれば、ちょっと安心できる。

それとは別に、少し空想じみたことも考えた。

僕がこれまで意識していた世界と並行するように、本当はいくつもの違う世界があって、ある世界では僕は邦枝さんと結婚しているのではないだろうか。夢を通してそれが見えてしまったのではないか。

その世界には伸幸が存在しておらず、僕が邦枝さんと結婚する現実がある。また別の世界では、邦枝さんと伸幸が結婚し、僕が存在していない世界もあるのではないか。そして、もっと別の世界には、伸幸も僕もおらず、邦枝さんが僕たちの知らない誰《だれ》かと結婚してしあわせになっている。その相手は男性とは限らないかもしれない。

夢とは、そんなふうに、たくさんの並行する世界をつなぐ装置なのかもしれない。

そう考えると、自分の足元がふわりと浮くような不思議な感覚があった。

僕はベッドから降りて服を着替え、階下へ降りた。

2

ダイニングには父がいた。

兄さんたちはとっくに朝食を終え、どこかへ出かけたらしい。母の姿もなかった。

父は五枚切りのトーストを半分残したまま、新聞を読んでいた。

食が細くなったのか、また体調が悪いのか。

大丈夫なのかと訊《たず》ねてみると、おまえこそどうなんだと問い返された。起きるのがずいぶん遅かったので心配されたのだ。

「別に、いつもと変わらないよ」

「最近、厨房に入っているそうだな」

「兄さんから聞いたの？」

「彩子が言うとった。やっと、和樹兄ちゃんが料理を作る気になってくれたと」

「前からときどき作っていたよ」

「本気じゃなかったんだろう、これまでは」

「呑気《のんき》にやっていただけだ」

「いろいろ、すまないとは思っている」

「え？」

「おまえは料理なんぞに興味はないだろうと考えていた。義隆も彩子も早いうちから料理への関心が強かったし、やらせてみれば器用だった。積極的に質問もしてきたし、自分から一生懸命学ぼうとした。だが、自分の子供が三人とも料理人になるなんて想像できなくてな。おまえは一番、外の世界に向いていると思っていた。義隆や彩子と違ってスポーツも得意だったし」

「ソフトテニスは、ただのクラブ活動だよ」

「もったいないことをさせたとずっと気になっていた」

「父さんの病気のせいじゃない。プロの選手になるなら、最初から硬式テニス一択だ。僕はそんなつもりはなかったし、単にソフトテニスが好きでやっていただけだ」

「そうか」

「ついでだから、少し訊《き》きたいんだけど」

「先にトーストを焼いたらどうだ。卵は」

「ひとりでやるから気にしないで。ハッシュドポテトはまだ残ってる？」

「ああ」

冷蔵庫をのぞいてみると、ハッシュドポテトも卵も、僕が食べたらゼロになるとわかった。

ホワイトボードの買い物欄に、買い足す品をメモしておく。

トーストを焼いている間にスクランブルエッグを作り、ハッシュドポテトを温めた。サラダを作り、グレープフルーツを半分に切って皿に載せた。コーヒーを淹《い》れて、すべての料理をテーブルに並べた頃《ころ》には、父のパン皿はからになっていた。残していたのではなく、新聞を読むために少し休んでいたようだ。

僕はほっとして、遅い朝食を摂《と》り始めた。「さっきの話なんだけど」

「うん」

「父さんは、なんでレストランを開こうと思ったの」

「なぜ、そんなことを訊く」

「彩子がね、『料理で人をしあわせにする』とか、そういうことを言うんだ」

「ふむ」

「正直なところ、うまくイメージできない。美味《おい》しいものを食べれば、確かに、誰でもしあわせな気分になれるだろう。お腹がすいていると気が荒《すさ》むから。でも、彩子が言っているのは、そういう意味じゃないような気がする」

「やっぱり、おまえは勘《かん》がいいな」

「料理人としての？」

「いや、物事を考えるための勘所というか。義隆や彩子は料理のことでは悩まない。悩む前に手が動いてしまう。あの子らにとっては、料理はそれぐらい身近だ。でも、おまえはそうじゃない。まず、頭でいろいろと考える。そういう勘の使い方もある。あの子らも、料理の問題以外では、そういう頭の使い方をしているだろう」

「いまいち、よくわからないな」

「父さんが子供の頃に住んでいた土地ではな、いまみたいに手軽に、本格的なイタリアンを食べられる店なんてなかった。あったとしても、しょっちゅう行く機会なんてなかった。スパゲティといえばミートソースかナポリタンという時代だ。パスタなんて言葉もなかったし、いまでは誰もが口にするイタリア料理の専門用語も、料理人以外が知っていることはまれだった。カルパッチョもラビオリもない社会だ。想像できるか」

「わびしい世界だね」

「経済成長期の途上だからな。父さんがそういうものを普通に食べられるようになったのは、大人になって、自分の意思であちこちへ行けるようになってからだ」

「結構待ったんだね」

「中学の頃、伯母《おば》さんに連れられてイタリア料理店へ行き、生まれて初めてラザニアを食べた。想像もしていなかった食感と味にびっくりした。グラタンとはまったく違う構造だからね。伯母さんは食通でたくさんの店を知っていたから、ときどき、珍しい料理を食べさせてくれた。神戸から芦屋《あしや》にかけての地域は、戦前から外国系の料理店が多いだろう。フランス料理もロシア料理も中華料理もインド料理もあって、夢中になって食べたが、最初に食べたラザニアの味を忘れられなくて、イタリア料理を一番好きになった。作り方によって大衆料理にも洒落《しゃれ》た感じにもなる。そういう自由度の高さがいいと思った。そのうち自分でも作りたくなってイタリア料理店で修業して、最後には自分の店を出したんだ」

イタリアンを美味しいと思った経験から、店を出すまで一直線だ。「途中で迷ったりしなかった？」と僕は訊ねた。「レストランは、サラリーマンよりも不安定な仕事だろう」

「あまり気にしなかったな。社会全体に、まだ徒弟制度的な雰囲気《ふんいき》が残っていたからだろうな。義隆は父さんに似たが、おまえは母さんに似た。一直線じゃない。慎重に考えてから行動する。でも、最後に辿《たど》り着く場所は、たぶんどちらも同じだろう」

「同じって」

「食事は思い出と直結している。とりあえず飢《う》えを満たせればいいという食事でも、その状況そのものが、深いところで記憶に刻まれる。考えてみれば怖《こわ》い話だ。つらい体験や苦しい体験と結びついた味は、嫌《いや》な思い出として心に残ってしまう。場合によっては『何も食べられなかった』という体験自体が、食事にまつわる記憶として心に刻まれてしまう」

　戦時中の飢えや、虐待《ぎゃくたい》による飢餓《きが》体験、等々。父は自分では体験していないが、上の世代や知り合いから聞かされて知っているという。そんな体験が、食べ物の記憶と結びついてしまうのは、とても怖くて悲しいことだ。本人にとっては、どうしようもなかった事態だけに。

「僕は楽しい食事しか知らない」

「本当は誰でもそうあって欲しい。だが、人間には、ときとしてつらい食事もある。泣きながら酒を呑《の》むような日がな」

「脅《おど》かさないでくれよ」

「まあ、彩子がどんなニュアンスで言ったのか知らんが、そう考えると『人をしあわせにする料理』というのは、絶対にあるとは言えなくなるだろうな。どれほど美味《うま》い料理であっても、悲しみに打ちひしがれている人には砂を嚙《か》むような味でしかないかもしれない。あるいは、人の悲しみすら打ち消してしまうような、圧倒的な力を持った素晴らしい料理もあるかもしれないが、でも、その料理に使われている食材が嫌いな人には、それもまた地獄《じごく》だろうし」

「じゃあ、彩子が言うようなものはないと、割り切ってしまったほうが楽かな」

「料理がお客さまにとってどんな思い出になるのか、料理人には予測がつかない。だからこそ、作り続ける意味があるのかもしれん。どれかひとつが、お客さまにとって思い出になってくれたら、それでよしとするしかない。おまえは、いま、そのチャンスをもらっているのかもしれないぞ」

「そうかな」

「ところで、近々、父さんの知り合いがラファーノに行く。吉永《よしなが》さんと芦田《あしだ》さんという方だ。上品なふたり連れのご婦人だからすぐにわかる。年齢は母さんと同じぐらいだ。どちらかの名前で予約の電話が入るだろう。よろしくな」

「父さんの名前を出して挨拶《あいさつ》したほうがいい？」

「いや、よけいな気づかいは無用だ。他のお客さまと同じように、美味しい料理を出すだけでいい。義隆にも伝えておくが、変に気をまわさず、丁寧《ていねい》に、もてなしてあげてくれ」

3

吉永さんと芦田さんは、平日の夕方に予約を入れ、予定通りに訪問して下さった。

ふたりとも、モノトーンや落ち着いた青味をベースにした服を着て、スカーフや長めのチェーンを使ったアクセサリーで首や胸元を飾っていた。

予約を入れて下さったとき、父と知り合いであるとはひとことも言わなかった。店の受付でも口にしなかった。普通のお客さまと同じように、テーブルへ案内されるまで静かに待っていた。

窓際《まどぎわ》の席がふさがっている日だったが、それに対しても不満は洩《も》らさず、興味深そうに店内のあちこちに視線を巡らせた。

トラットリア・スギハラだった頃を知っている方々だ。リニューアルですっかり様変わりした店の内装を、どう感じているだろう。「わたしたちの年齢ではちょっと入りにくいわねえ」とか「なんだか座りにくい椅子《いす》だわ」とか、そんなふうに思っていないか少し気になった。だが、澄んだ朗らかな表情を見ているうちに、そんな心配は無用だとわかった。

飲み物はカシスソーダとブラッドオレンジジュース。前菜にはインサラータ・カプレーゼ。メインの皿は、フォカッチャを添えたアクアパッツァ。ドルチェは頼まずエスプレッソのみ。

どれも難しい料理ではない。イタリアンでは定番の品だ。

父の息子たちとして試されている印象はなかった。純粋に、美味しいものを食べに来てくれただけのようだ。

厨房に入り、作業台に注文書を置く。

義隆兄さんはそれを一瞥《いちべつ》し、今日は厨房に入っている曽我くんに指示を出した。「スズキ二尾、下処理して」

「はい」

アクアパッツァには白身の魚ならなんでも使えるが、いまの時期なら旬のスズキが美味しい。

スズキは出世魚だ。成長とともに呼び名が変わる。一人分の料理に使う大きさだと、関東では「せいご」と呼ぶそうだ。全長は二十センチメートルから三十センチメートル。

冷蔵庫からスズキを取り出した曽我くんは、調理台の上で鱗《うろこ》や内臓の処理を始めた。包丁の刃が、まな板の上で滑らかに動く。さばき方に迷いがない。慣れた手つきだ。

僕はふたり分のソフトドリンクを作り、テーブルへ運んだ。

そのあとは別のテーブルを巡《めぐ》り、厨房へ戻った。

彩子が前菜を仕上げたので、皿を持ちあげ、再び吉永さんたちの席へ向かった。生のトマトをスライスし、モッツァレラチーズと交互に並べて仕上げにバジリコソースをかけた一品だ。

吉永さんと芦田さんにサーヴしながら伝える。「お待たせしました。インサラータ・カプレーゼです」

「ありがとう」

前菜を食べて頂いたあとは、頃合《ころあ》いを見計らって、フォカッチャを運んでおいた。

その間に、義隆兄さんはアクアパッツァの調理を進めていた。

アクアパッツァは、白ワインと水だけで白身魚と野菜を煮込む簡単な料理だ。たったそれだけで、びっくりするほど美味しい出汁《だし》に満たされた料理に仕上がる。僕も初めて食べたときには飛びあがるほど驚いた。簡単な手順からは想像もつかないぐらい美味いのだ。

今日使う野菜は、ドライトマト、赤パプリカ、黄パプリカ。

イタリアンパセリ、スライスしたガーリック、ブラックオリーブ、ケッパーも加える。

魚はスズキ。アンチョビで味を調整する。

暑い季節なので貝はアサリではなくムール貝を選んだ。

香辛料としては胡椒《こしょう》を少々加えるだけで、塩は最後に味をみてから使う。貝から出る塩味だけでも味がつくから、そのあたりは調理する人の好みが反映される。これは義隆兄さんの仕事だ。

ゆっくり火入れし、レードルで出汁を何度も魚に回しかけて味をしみこませ、魚をふっくらとした食感に仕上げた。

充分に炊《た》いたら深皿に具を移し、野菜や貝を食べやすいように配置する。これは僕が担当した。

色鮮やかなパプリカと口をあけたムール貝を手早く並べると、皿全体がとても華やかな印象になった。出汁を皿にたっぷりと流し込み、タイムを一枝、魚の上に飾る。熱いうちにテーブルへ運んだ。ふわりと香るハーブと料理の匂いに食欲が刺激された。次の休みの日に家でも作りたくなった。

「お待たせしました、アクアパッツァです」

僕が皿をサーヴすると、吉永さんたちは期待に満ちた表情で料理と向き合った。この料理のよさを、とてもよく知っている方なのだろう。その期待を裏切らずに済むだろうかと、僕は少しだけどきどきした。

この皿のあとは、僕たちの出番はしばらくない。

料理を食べて頂いたあとはコーヒーを出して、吉永さんと芦田さんが席を立つのを待った。

吉永さんも芦田さんも、最後まで、普通のお客さまとしての態度を崩《くず》さなかった。レジスターの前でも特別な話はしなかった。父との思い出話を始めたり、僕たちの料理を特別に誉《ほ》めたりもしなかった。

立ち去るときまで、上品で穏《おだ》やかな態度のままだった。

閉店のときに、僕は店内を掃除しながら義隆兄さんに訊ねた。

「今日来られた父さんの知り合いへの対応、あれでよかったのかな。何もしなくていいとは言われたものの、ちょっとそっけなかったかな」

「いいんだよ。変に気をつかったり無理に親しくしたら、次に来にくくなるだろう」

「そうかな」

「吉永さんたちと父さんとの関係、何も聞いていないのか」

「うん」

義隆兄さんは、僕に、あらためて事情を話してくれた。

吉永さんと芦田さんは、何日か前に、四階のピッコロを先に訪問したのだという。スギハラ時代には常連客だったが、父がピッコロを開店してからは、交流が途絶えていたそうだ。

父と母はふたりの訪問に感謝しつつも「ここはバルなので、普通の夕食はお出しできないんです」と丁寧《ていねい》に説明した。

するとふたりは「いいのよ」「気にしないで」と言い、吉永さんが「今日は主人の代わりに来たんです」と続けた。「開店のご案内をもらったときに、すぐにおうかがいできなくて失礼しました」

「いいえ、お気になさらずに」母さんは朗らかに笑顔を返した。「お祝いの花を届けて下さったでしょう。うれしかったですよ」

「実はあの頃から主人の調子が悪くて、ずっと入退院を繰り返していたんです。それで、なかなかご挨拶《あいさつ》にうかがえなくて」

母は途端に顔色を変えた。

父も表情を強《こわ》ばらせ「それは存じ上げませんでした。失礼致しました。明日にでも、お見舞いにうかがってもよろしいでしょうか」と訊ねた。

「ああ、そのご心配には及びません。いずれ、自分でここへ来るようになるでしょう。でも、前ほど呑んだり食べたりはできないので、そこは気づかってやって下さい。杉原さんのお店だと、安心して呑みすぎてしまうと思うので」

吉永さんのご主人は、トラットリア・スギハラの常連だった。

奥さんや芦田さん夫妻と一緒に訪問する日もあったが、基本的にはひとりで食べに来るお客さまで、父とは、とても長い付き合いだという。

常連といっても威張ったりはしない。予約を入れずに来たときには、空席がなければさっと帰った。着席しても必要以上に長居したりせず、厨房から父を呼びつけたりもしなかった。どれほど父と仲がよくても、トラットリアでの振る舞い方を、よく心得ている方だったという。

父が病気で入院したときも、吉永さんのご主人は、すぐにお見舞いに来てくれたそうだ。僕はこれを初めて知った。

手術が成功して退院の目処《めど》が立ち、父が「トラットリアはもうやれないが、小さなバルぐらいなら開業したい」と口にすると、退院祝いを兼ねて、父が遠慮しないで済む額の資金を援助してくれたりもしたそうだ。

そんな方だから、父には直接病状を知らせず、奥さんの口から語らせたようだ。そのことの意味に気づき、父はかなりの不安を覚えたらしい。とてもよくない経緯と結末を想像して。

だが、吉永さんは続けた。「主人は開店のお祝いに出席できなかったことを、とても残念がっていました。バルになったらカウンター越しに話もできるねえと、とても楽しみにしておりましたので。そして、自分の病状を伝えたらマスターはとても心配するだろうから、回復の目処が立つまで何も知らせるなと」

「じゃあ、また、すぐにお目にかかれるんですね」

「はい。今日はそれをお伝えするために来ました。主人の介護で、わたしもしばらくこちらへはうかがえませんでしたが、先にご挨拶をと思い、久しぶりなので芦田さんもお誘いして」

「それでしたら、いまは息子と娘がトラットリアをやっていますので、よろしければ、あちらものぞいてやって下さい。親が言うのもなんですが、結構、いい料理を出していますので」

「それは頼もしいですね。日をあらためて、ぜひ、お邪魔させて頂きます」

母が横から付け加えた。「息子たちは、家のご飯も交替で作ってくれるから大助かりです。兄弟・妹で少しずつ味が違うんですよ。同じ店で働いているのに面白いでしょう」

「微妙な違いがあるのかしら」

「不思議なんですが、食べるとすぐにわかるんです。今日は誰が作ったのかって」

吉永さんたちは軽くワインを楽しみ、父や母と話したあと、にこやかにピッコロをあとにした。

会話の中では最後まで病名が出なかったそうだ。それで父は、吉永さんのご主人が相当に重い病気なのか、あるいは、自分と同じ病気にかかったのではないかと想像した。同じ病気なら、どういう経緯を辿り、どのようなトラブルが起きるのか、父にもすべて予想がついてしまう。それは、父の未来の病状であるかもしれないから、よけいな不安を持たせないように、わざと何も伝えようとしなかったのではないかと考えた。

その日から父は、吉永さんが、ひとりでピッコロを訪れる日を、ずっと待っているそうだ。

もしかしたら店に来るという話はあくまでも本人の希望であって、もはや、そのような体調ではないのかもしれない。

けれども、約束は約束だ。

信じて待つ、と父は決めた。

いつまでも待ち続けるつもりなのだという。店を続けていく励みにもなるから。

話の最後に義隆兄さんは言った。「おれたちは、あくまでもただの料理人だ。お客さまはお客さまであって、友達でも親友でもない。でも、料理を食べてもらうことで、ほんの少しでもそういう関係に近づけるなら素晴らしいな」

「そうだね」

「父さんは、まだまだ、おれたちの先を走っているんだ。もっと力を出さなきゃ、いつまでも追いつけないぞ」

第五章　氷柱花《ひょうちゅうか》

1

あれから何日か過ぎたある夜、邦枝さんが、またラファーノにやってきた。

もう来ないと言っていたので意外だった。

先日見た夢を思い出し、僕《ぼく》は少しだけ胸を騒がせた。

邦枝さんはあまり元気がなく、言葉も少なかった。

突然の訪問だったので、三回目のメニューは用意していないと告げると、邦枝さんは首を横に振り、「いいの。軽く食べに来ただけだから。カウンター席、いいかな。またクロケッタを食べたい」

「どうぞ。あいているから」

注文のグレープフルーツジュースを運んだとき、邦枝さんの顔色は、さらに暗くなっていた。ひとりで待っているうちに、いろんなことを考えすぎたのだろうか。体調が悪いようにすら見えた。

僕の顔を見あげると、邦枝さんは言った。「どうしよう。伸幸さんと話したけれど、話がうまく嚙《か》み合《あ》わない」

仕事中だ。ここで人生相談にのるわけにはいかない。僕はそっと囁《ささや》いた。「しばらく様子をみればいい。伸幸には伸幸の考えがあるだろうから」

「わたし、嫌われてしまったのかもしれない。やっぱり、何も話さないほうがよかったのかな」

「そんなに、ややこしいことになったのか」

邦枝さんの両目に涙がうっすらと滲《にじ》んだ。

こうなってしまうと放《ほう》っておくわけにもいかない。「ちょっと外へ出ようか」

「いいの？　仕事中なんでしょう」

「気分が悪いふりをして。体調の悪いお客さまを店外へ案内するという感じなら、僕も堂々と出られるから」

邦枝さんはうなずき、少しだけジュースを口にすると席から立ちあがった。

僕は病人に付き添うような態度で、邦枝さんを店の外へ誘導した。

「先に一階まで降りていて。靴を履《は》き替《か》えてから行く」

店内へ戻ると曽我くんだけに事情を話し、しばらく迷惑をかけると謝ってから僕はロッカールームに飛び込んだ。義隆兄さんに告げても怒鳴られるだけだろうから、何も知らせずに手早く着替えてビルの一階まで降りた。

自分が店員として、とても非常識な行動に出たのはわかっていた。だが、人生には、待ったが利かない重要な瞬間というのは確かにあって、いまはそのときに違いないのだ。

ふたりでビルの外へ出ると、邦枝さんは僕に訊《たず》ねた。「どこへ行くの」

「いきつけの店。近くにあるから」

「ごめん、この程度で」

「気にするな」

「お兄さんたちに怒られるでしょう」

「あとで説明する。悪いのは僕ひとりだから、邦枝さんは気にしなくていい」

高架《こうか》に沿って東へ向かい、途中で南側へ折れて、近くにあった店に入った。

邦枝さんは看板を見あげて目を丸くした。「えっ、お好み焼き店?」

「お腹《なか》はすいているんだろう。お好み焼きぐらいなら、ちょうどいいんじゃないかな」

「でも」

「僕は仕事中で呑《の》めないから、明石焼《あかしや》きでもつまみながらウーロン茶を飲むよ。邦枝さんはどうする」

「わたしもそれがいい。足りなかったら一品ものを追加で」

「いいね」

繁華街の近くなので、夜遅くまで営業している店だ。僕たちはテーブル席につくと、明石焼きとウーロン茶をふたり分注文した。

僕は訊ねた。「仲幸が機嫌悪いって本当なのか」

「ええ」

「あいつには、何も心配するなと伝えておいたんだけれどな」

「わたしの話し方が下手だったのかも」

「いや、そうじゃないだろう。あいつの性格を考えると、むしろ、よけいなことまで気を回しているのかもしれない」

注文した品がテーブルまで運ばれてきた。

明石焼きは関西特有の品で、本当は「玉子焼き」と呼ぶ。たこ焼きの元になった料理で、まな板状の木製の皿に載って出てくるのが特徴だ。

生地はたこ焼きよりも柔らかく、ソースをかけるのではなく、箸《はし》でつまんで、だし汁に浸《つ》けて食べる。もともと柔らかい生地が、だし汁でさらにふやけ、旨味《うまみ》と食感が相まって実に美味《おい》しい食べ物となる。

僕たちは、しばらくの間、黙々と明石焼きを食べた。中まで熱いので、食べながらだとうまく喋《しゃべ》れないのだ。

半分ぐらい食べたところで、僕はいったん箸を置いて邦枝さんに訊ねた。「邦枝さんは、高校時代に思い残したことがたくさんあるの？」

「え？」

「僕はそういうのはないんだ。進学じゃなくて就職を選んだときから、皆と同じにはなれないとわかっていたから。高校時代の思い出は、心の底にしっかり詰めて蓋《ふた》を閉じた。邦枝さんはどう。いまでも、気分的に地続きのままなのかな」

　邦枝さんも箸をとめた。複雑な表情で考え込んでいたが、すでに泣き顔ではなかった。美味しいものを食べて体が温まったからだろう。「そうね。わたしはいろいろと思い残しているのかも。だから、仲幸さんと話してもうまくいかないのかな」

「僕は邦枝さんと仲幸を祝福したい。素直におめでとうって言いたいんだ」

「わかっている」

「ここへ連れてきたのはね、悲しい顔で、うちの料理を食べて欲しくなかったからだ。もっと楽しいお店なら、元気を取り戻せるかなと思ってね。こういう店って、うちよりもパワフルだろう。料理も雰囲気《ふんいき》も何もかも」

「そんなことないよ。わたし、ラファーノに通うのは、いつもとても楽しかった」

「でも、泣き出しそうな顔をしていた。僕は店の人間として、自分の無力さを恥じたよ」

　邦枝さんがまたうつむいたので、僕は話を続けた。「このあいだ、父さんの知り合いが店に来た。もう五十ぐらいのご婦人方でね。ご主人が長いこと闘病しているそうで、いろいろ大変だろうに、とても楽しそうに料理を食べて帰られた。僕は料理の力ってすごいな、兄さんたちが作る料理はやっぱりすごいなと思ったんだけれど、兄さんは『まだまだだ』と言うんだ。父さんは、まだ僕たちの先を走っていると。いまならわかるよ、その言葉の意味が」

邦枝さんは小さな声で言った。「わたしが泣くのはわたしのせいよ。ラファーノのお料理に力がないせいじゃない」

「本当に、そう思っていいのかい」

「うん」

皿の上から残りの明石焼きを取ると、邦枝さんは、だし汁に浸《ひた》した。

僕は続けた。「邦枝さんに何か思い残したことがあって、それをかなえたらすべてがうまくいくのなら、僕はなんでも手伝うよ」

「それが伸幸さんを悲しませる結果になっても?」

「そういうのはだめだ。皆でしあわせになろう。誰《だれ》かのがまんで手に入るしあわせなんて、絶対に本物のしあわせじゃない。僕は父さんとあのお客さまみたいに、そのために何ができるかを考えるんだ。邦枝さんにも伸幸にも、いつまでも笑っていて欲しい。うちの料理で、あんなふうに、いつまでもしあわせになろう。いつまでも続く友情が欲しい。自分が何をすればいいのか考えるから」

邦枝さんはうなずき、手の甲で目の下を少しこすった。「しばらく時間をちょうだい。

お好み焼き店の前で邦枝さんと別れると、僕は大急ぎでラファーノに戻った。

一時間以内にはと思っていたが、やはり、それぐらいの時間がかかってしまった。

曽我くんに「悪かった。しばらく休んでいいよ」と声をかけると、「今日はそんなに混まなかったので楽勝でしたよ」と笑顔が返ってきた。それでも無理をさせてしまったのは確かだから、僕は閉店までの仕事を積極的にひとりでこなした。

閉店のとき、義隆兄さんから、こっぴどく叱《しか》られた。

事情を話したら、もっと怒られた。

「そういう場合には、『申し訳ありませんが今日は早引けします』と言うんだ」

「えっ、そういう理由でいいの」

「邦枝さんが早めに切り上げてくれたからよかったものの、そうじゃなかったら、いつ戻れるかわからなかったはずだ。相談に乗るふりをして、その途中で『時間がないから』と言って投げ出すのが一番よくない。相手の気持ちも考えろ。慌てて外を走り回って、自分や相手が事故にでも遭《あ》ったらどうする」

「ごめん。次からはそうする」

でも本当は、二度と、こういう事態に陥《おちい》らないほうがいいのだ。

2

邦枝さんはしばらく連絡をくれなかったが、梅雨《つゆ》があけ、暑さがよりいっそう厳しくなった頃《ころ》、「杉原くんと一緒に北野へ行きたい」というメッセージをスマートフォンに送ってきた。

異人館巡《めぐ》りをしたいのだという。

『ずっと関西に住んでいるのに、わざわざ異人館？』と僕がメッセージを返すと、『杉原くんは行ったことがあるの？』と訊ねられた。

『ない。あそこは観光客用の場所だと思っていたから』

『わたしは一度だけある。女の子同士で行った』

『でも、なんでまた』

『高校時代に思い残したことがあると言ったでしょう』と邦枝さんはメッセージに書いてきた。『杉原くんと一緒にどこかへ遊びに行きたいと、高校の頃、ずっと思っていた。最後まで言えなかったけれど』

僕はスマートフォンの画面からしばらく目を離せなかった。口では言えなかった邦枝さんの本心。書き言葉だから初めて言えたこと。それを書き込むまでの勇気を想《おも》うと切なかった。

高校時代に置き去りにしてきた想い。

ずっと忘れられなかった心。

僕は、ふと、夏になると三宮《さんのみや》センター街で開催される氷柱イベントを思い出した。

真夏の暑さの中、商店街の大通りを行く人々に、一服の涼を与えてくれる氷の柱。その中に閉じ込められた模型や花。鮮《あざ》やかに花開いた植物は、いつも、時間と共に氷づけになっているように見えた。時が止まった花だ。

僕たちの想いは氷柱花と同じだ。

氷の中にあるから綺麗《きれい》に見える。でも、氷が溶けてしまったら、花は無残に萎《しぼ》むだけだ。

『わかった』と僕は返信した。『ただし、ふたりだけで行くのはだめだ。伸幸も連れていく』

『どうして』

『ふたりだけで会ったと知られたら、今度こそ、仲幸は完全に心を閉ざしてしまう。だから三人で行くんだ。邦枝さんがそれでもいいと言ってくれるなら、僕は行く』

邦枝さんはしばらく時間を置いたあと、『じゃあ、そうする』と返信してきた。『でも、仲幸さんがどう返事をするかわからないよ』

『仲幸は絶対に来る。僕たちを本気で気づかっているなら絶対に来るよ。あいつはそういう奴《やつ》だ。心配しなくていい』

後日、再び、邦枝さんからメッセージが来た。

仲幸も一緒に来るとのことだった。

待ち合わせの日、麦茶を詰めたマグボトルをボディバッグに入れると、僕は涼しいうちに家を出た。

ラファーノの定休日は平日なので、邦枝さんと仲幸は有給休暇をとってくれた。北野坂の入り口で待ち合わせだ。

約束の場所で顔を合わせるなり、仲幸は、「なんで、また、こんな暑い時期に北野へ行くんだ」と、袖口《そでぐち》でこめかみの汗を拭《ぬぐ》いながら苦笑した。

少しも嫌《いや》そうな態度ではなかったので、僕はほっとして応《こた》えた。「メリケンパークの花火大会に行くよりはましだろう。あっちのほうが疲れるぞ」

「それはそうだが」

あらかじめ観光ガイドで確認しておいた情報によると、神戸の異人館は特定の地域に集中しており、かなりの数にのぼる。一日では回れそうにないし、暑い季節に、きつい坂道が続く長い距離を歩き回るのは大変だ。

邦枝さんは地図を僕たちに見せながら「好きなところだけでいいのよ。気に入ったら、何度でも来ればいいんだから」と言った。

伸幸も僕もいまいち関心が低いので、今日は、前にも来たという邦枝さんにコースの選定を任せた。

今日は、北野坂をのぼりきったところにある大通りを右手に折れ、そこから反時計回りに訪問していく経路をとるという。

異人館を巡るには共通券があったほうが便利なので、トリックアートを展示している施設の隣にある券売所へ向かった。坂道をのぼっていくと、通りを挟《はさ》んで南側は、もう異人館が並んでいる場所だ。ここで8館巡りの共通券を買った。

共通券はパスポートの形に似せた手帳で、中を開くとカラー写真が載っていた。8館分の簡単な紹介文や見所が記されている。

最初のページには、それぞれの館の受付で判子《はんこ》を押してもらう欄《らん》があった。冊子内には、館ごとに置かれている記念スタンプを押す欄もある。

券売所の前から離れると、邦枝さんは「異人館を回ったあとは、坂の途中にある珈琲《コーヒー》店に寄ろうね」と言った。

ここの近くには老舗《しにせ》のコーヒー専門店がある。アンティーク調の家具で飾られたお洒落《しゃれ》な喫茶店だ。異人館周辺の店は混雑するから、少し離れた場所に行くのは正解だろう。

仲幸と僕は、邦枝さんのあとについて、通りを東に向かって歩いた。

邦枝さんは、この並びにある異人館は今日は通過すると言った。

「どうして？」と仲幸が訊ねた。「シャーロック・ホームズの看板があがっているのは英国館、三色の国旗が見えているのは仏蘭西《フランス》館、その先はベンの家だろう。観《み》なくていいの？　8館巡りの料金に入っているのに」

「一度に全部回るのは大変よ。そのパスは無期限だから、いつでも、またここへ遊びに来れば入れるの。それよりも坂をのぼりきった先にある館から回りましょう」

邦枝さんがそう言うなら僕たちに文句はない。言われた通りに道を歩き、東西に延びる大通りが坂道と直行する場所まで辿《たど》り着いた。

大きな茶色の道標が立っていた。

大通りに沿って進むと布引《ぬのびき》方面、坂道のほうへ進むと、異人館が集まっている区画へ入るようだ。

僕たちは坂をのぼり始めたが、予想以上の傾斜だったので、ちょっと怯《ひる》んだ。夏に歩くには過酷きわまりない坂道だ。

ラファーノの厨房《ちゅうぼう》に入ったかのように、瞬《また》く間に汗が噴き出した。会話しようにも息が切れてうまく喋れない。伸幸もつらそうだった。夏じゃなくても、これは大変だ。

邦枝さんは踵《かかと》の低い靴を履いており、楽しそうに坂をのぼっていく。前回の経験から、もうこれぐらいでは驚かないのだろう。

熱気を放つ坂道の向こうに、間近に迫った濃い山の色が見えた。

空は鮮烈な青さに染まり、白い雲が大きく湧《わ》きあがっている。あちこちから蝉《せみ》の鳴き声が降り注ぐ。

坂の途中に並んでいるのは普通の民家だ。この区画のどこに異人館があるのだろうと不思議だったが、やがて、紺地に白いU字模様が描かれた旗が何枚も吊《つ》るされているのが目にとまった。

白壁の建築物が見えてきた。

塀の上には黒い瓦《かわら》が並び、建物の壁面は、一部が鱗状《うろこじょう》のタイルで飾られている。入り口の屋根の形はアジア的だ。「坂の上の異人館」という看板があがっていた。

僕が想像していた異人館とは、かなり様子が違う。なぜ、こんなにアジア的なデザインなのだ。異人館って洋館だけじゃないのか。

受付の女性は僕たちに向かってにっこり笑って、「北野で唯一《ゆいいつ》のオリエンタルな異人館ですよ」と声をかけた。

オリエンタル？　なんで？

邦枝さんは僕たちの疑問を放置したまま、受付でパスに判子を押してもらい、さっと先へ進んだ。

敷地内へ入ると、狛犬《こまいぬ》のように見える生き物の像に出迎えられた。

その向こう側は小さな庭になっていた。巨大な白磁の壺《つぼ》が置かれ、その表面に青く染め付けされた猛々《たけだけ》しい龍がこちらを睨《にら》んでいる。なんだか馴染《なじ》みのある絵柄と模様だ。

邦枝さんが言った。「ここは戦前、中国の領事館として使われていた建物なの。だから、中はとても洗練されていて綺麗よ。ここは庭で、あちらが玄関」

小さな庭を一巡し、再び狛犬の前を通って外へ出て左手に折れると、そこが建物の玄関だった。今度は凶暴《きょうぼう》そうな亀《かめ》に似た像に迎えられた。亀っぽいのに牙《きば》をむいている。龍か獣のような顔立ちだ。

玄関をくぐると、この館の歴史を説明したパネルが掲示されていた。

戦時中の中国の政権について書いてあったが、僕にはぴんとこなかった。この時代のことは学校で勉強したかもしれないが、まったく覚えていない。

仲幸はパネルの説明だけで納得がいったようで、なるほど、あの政権の大使館は東京にあったはずだが、神戸には領事館があったんだなあ、などと言いながら、邦枝さんのあとをついていった。

「ここの階段は昇りやすいよ」と邦枝さんは僕たちに声をかけてきた。「館によっては、もっと幅が狭くて急なところもあるの。ここは領事館として使われていたから、とても昇り心地がいい。見て。踊り場の飾りと磨《す》りガラスの模様が素敵でしょう」

洋館ならステンドグラスで飾られているに違いない窓に、乳白色の磨りガラスがはめこまれていた。模様のモチーフは植物と果物。ガラス工芸に詳《くわ》しくない僕でも、息を呑むほど繊細な細工だった。

ガラスの一部が透けており、窓の向こうの景色が見える。白いガラスと野外の緑色が合わさって、なんともいえない清々《すがすが》しい印象を醸《かも》し出している。

ここから異人館巡りを始めるなんて、邦枝さんは、なかなか面白いことを考える。異人館の中にこんな館があるなんて知らなかった。異人館というのは西洋館だけだと思っていた。でも、外国人の居留地だったのだから、中国の館があっても不思議ではない。受付の女性が言っていた「唯一のオリエンタルな異人館」というのはそういう意味なのだ。

二階へ上がった正面はバスルームになっていた。中は随所《ずいしょ》に金色の飾りがあり、手前の壁にも金細工のオブジェがかかっている。隣の部屋は寝室で、映画でよく見かける中国式の天蓋《てんがい》付きベッドが見えた。触ってみたかったが、このふたつは立ち入り禁止。

この階で一番広い部屋は居間だった。テーブルと椅子《いす》の脚《あし》が、西洋式と違って極端に短いところが珍しい。

居間の南側には仕切りがあり、その向こうは大きな窓に面した事務室になっていた。明るい陽《ひ》が射《さ》し込《こ》む細長い部屋の中に、螺鈿《らでん》の机があり、古い時代のタイプライターが載っている。

領事館ぐらいだと、この規模で仕事ができたのだろうか。領事館というと、もっとたくさん部屋があるようなイメージがあったので、部屋数の少なさと、こんなふうに空間を使ったレイアウトは意外だった。

一階へ降りると、応接室とダイニングを見学できた。

応接室は、領事館を訪問する外交官や政府の役人と話をした場所だろう。透かし彫りの家具や豪華な壺がたくさん配置してあったが、実際には、こんなに調度類を詰め込んだら不便に違いないから、これは、観光客に古い時代の芸術品を観《み》てもらうための展示なのだ。

仕事柄、応接室と対面する位置にあるダイニングの作りのほうが気になった。

四人がけのテーブルと椅子は、上階にあった家具と違って、普通に長い脚を備えていた。部屋の奥には暖炉。このあたりは、六甲山《ろっこうさん》から吹き下ろす風で、冬場はかなり冷え込むからだろう。

ここでは、どんな料理を出したのだろう。中国の領事館だから、中華料理だったのか。あるいは、訪問者の国籍に合わせて、なんでも作っていたのか。日本政府の役人が来たときには何を出していたのか。

ダイニングの左手には別の小部屋があった。たぶん、食事のあとにシガーやお酒を楽しむ場所だろう。

「どう?」邦枝さんが笑顔で訊ねてきた。

「面白い」と僕は答えた。「うちの店の作りと、つい比較してしまう」

「他の館は普通の洋館で、食堂も、わたしたちがよく知っているスタイルなの。こういう形式はここだけよ」

僕は、食堂の隣にある大部屋の入り口に掲げられた『伙房(CUISINE)』という文字を見つめながら、「厨房の見学もできたらよかったのに」とつぶやいた。

「残念だけど、そこも立ち入り禁止」

「どんなふうに火を使っていたのかな。すごく気になる」

TVや映画で観て知っている中国式の厨房を思い浮かべながら、僕たちは豪華な透かし彫りが施された扉の前を通過し、館の外へ出た。

異人館は、そこから先も次々と続いた。

北野外国人倶楽部《クラブ》、山手八番館、うろこの家、それに付随する美術館。

どれも西洋建築で内装も西洋式。古びた感じはなく、丁寧に改修を続け、当時の有りようを維持しているようだ。

邦枝さんが言った通り、館によっては、かなり階段が狭いところもあった。当時の人たちは、どうやってこれを難なく昇降できたのだろう。不思議でならない。

巡回先には、パワースポットと銘打《めいう》たれた場所がいくつかあった。坂の上の異人館での狛犬もそうだったらしい。願い事をすると何かいいことがあるそうだ。そういう詳細は、共通券の手帳に全部書いてあった。

僕はおまじないには興味がないのだが、邦枝さんが面白がるので、口は差し挟《はさ》まずについていった。

伸幸も、おとなしくついてくる。そういう事柄には反論せず、受け流す習慣がついているようだ。

山手八番館には、玄関から入ってすぐの部屋に、赤いクッションの大きな椅子があった。これは「サターンの椅子」と呼ばれており、そこに座って願い事をするとかならしい。サターンというのは、ローマ神話に登場する五穀豊穣《ほうじょう》の神様の名前だ。

座れる椅子はふたつ。向かって右側が女性用、左側が男性用。

後ろに吊るされたタペストリーが、わずかな色違いになっていた。模様は同じだが右側は赤く、左側は黒っぽい。

邦枝さんが座ると言い出したので、僕は仲幸に「おまえも一緒に座れよ」と声をかけた。

「恥ずかしいよ」

「カップルはおまえたちだけじゃない。大勢いるから平気だろう」

「おまえはどうするんだ」

「僕はいい。別にお願い事もないし」

「それはずるい。おまえも恥ずかしい思いをしろ」

「なんだその理屈は」

邦枝さんが「早く早く」とせかすので、仲幸は左側の椅子に腰をおろし、しばらく目をつぶっていた。

本当に何かを願っているのかどうか、僕にはわからなかった。

仲幸は早々と立ちあがったが、邦枝さんは長く目をつぶったままだった。膝《ひざ》の上で両手を組み、真剣な面持ちでじっとしていた。願掛けがようやく終わり、彼女が立ちあがってから、僕は左側の椅子に腰をおろした。

願っているふりをして目を閉じる。とはいうものの、目下のところ僕の望みといえば、ラファーノが潰《つぶ》れずに長続きして欲しいという、それぐらいのものだ。五穀豊穣の神様なら、レストランの経営も守ってくれそうだ。

適当なところで目をあけて椅子から立ちあがると、寄ってきた邦枝さんから「たくさんお願いできた？」と訊ねられた。

「まあね」

「全部かなうといいね」

椅子の効果を信じているのか、邦枝さんは晴れやかな顔つきだった。もしかしたら、今日一番来たかった場所は、ここなのかもしれない。

どの館を巡っても、僕はその外観や構造よりも、ダイニングの作り方に目がいった。テーブルの飾り方、食器の装飾。全体的にかなり派手なので、トラットリアに応用するには難しそうだが、二色使いのテーブルクロスや、プリザーブドフラワーの使い方は参考になった。

装飾性の高い食器は保管や手入れが大変だが、特別な日に使ってみたくなった。お客さまの誕生日や、季節限定メニューを出すようなときに。

邦枝さんは「やっぱり、そういうところに目がいくんだ」と感心していた。

「普段、ゆっくり考える余裕がないから」

「レストランの仕事って、そんなに面白い？」

「料理を作るだけの仕事だと思っていた頃には、そうでもなかったね。でも、店全体の雰《ふん》囲気《いき》作りを考えるようになってから、少し考え方が変わったな」

「こういう古いものでも参考になるの？」

「クラシックなスタイルは、クリスマスやバレンタイン・デーに向くよ。それにしても、どこの館にも暖炉があるね。やっぱり、冬場はかなり寒かったんだろうな」

仲幸は僕よりも口数が少なかった。邦枝さんのためについてきたものの、やはり、異人館自体にはあまり興味がなさそうだ。ただ、階段が極端に急だったり、ステップの幅が狭いような場所では、さりげなく邦枝さんを手助けしていた。他の客とすれ違うときに危なくないように配慮するのも仲幸だった。僕はそれを眺めながら、仲幸をつれてきてよかったと、つくづくと感じた。

うろこの家にも、またパワースポットがあった。

庭先に置かれたイノシシの像、「カリドンの猪《いのしし》」がそれである。ポルチェリーノとも呼ばれているらしい。鼻先を撫《な》でると幸運が訪れるという。

そういえば、六甲山には野生のイノシシがいる。軽くハイキングするだけで遭遇《そうぐう》することがあるので、いきなり出遭うとかなり怖《こわ》い。

ポルチェリーノの足元には小銭が散らばっていた。お賽銭《さいせん》のつもりなのだろうが、邦枝さんの話によると、お賽銭をあげたいなら、うろこの家の先に本物の神社があるそうだ。サターンの椅子で願掛けをしたばかりなので、僕には、もう他に頼み事はなかった。でも、よくできた像なので愛着が湧き、丁寧に鼻先を撫でておいた。

邦枝さんは、ここでも念を込めるように熱心に撫でた。

仲幸は、サターンの椅子よりもイノシシを気に入ったらしい。僕と同じように、楽しそうに像を撫で回した。

うろこの家は、とても不思議な外観だ。最初に見た異人館は、一部だけが鱗状だった。だが、こちらは外壁がすべて鱗状というスタイルだった。

丸く剪定《せんてい》された植樹と背後の山に挟まれた館は、スマートフォンのカメラを向けると、どこから撮影しても綺麗な写真になった。

庭を通り抜けて階段を昇り、館内へ入った瞬間、僕は思わず歓声をあげた。

食器棚の中に茶器や皿がずらりと並んでいる。金彩色の茶器はいまでもあるが、ここに飾られているのは、器の内側まですべて金色に仕上げるタイプだった。マイセンやロイヤルコペンハーゲンもあるが、いずれも、もはや普通の市場では入手できない代物だ。

「手入れが大変そう」と邦枝さんが言った。

「そうだね。割ることを考えると半端《はんぱ》な気持ちでは使えない。でも、一度ぐらいは、こういう食器に兄さんの料理を盛り付けてみたいな。うちは大衆食堂だけど、いい食器は、どんな料理でも美味しそうに見せるから」

仲幸が邦枝さんに訊ねた。「うちにも欲しい？　ここまで、すごいデザインじゃなくても」

邦枝さんは目を輝かせた。「欲しい。少しでいいから」

「やっぱり、ティーセットがいいかな」

「お料理用のお皿がいい。和食に使っても、ちょっとしたお料理が映えるから」

最後に、北野で最も有名な異人館、風見鶏《かざみどり》の館に入った。

ここは8館巡りのコースには入っていないので別料金だ。入り口で支払いを済ませ、中へ入った。

一九七〇年代に、ドイツ人のパン職人であるハインリヒ・フロインドリーブの生涯《しょうがい》をモデルにしたTVドラマが、日本で放映されたことがある。この物語の舞台が神戸で、タイトルバックに風見鶏が映し出されていた。そこから、この風見鶏の館が有名になったらしいが、実は、ここでドラマが撮影されたわけではなく、風見鶏自体も撮影のために作った小道具だったそうだ。

そして、フロインドリーブ自身も、風見鶏の館に住んでいたわけではなかった。ただ、彼と同じくドイツ人がこの館を使っており、その人は貿易商だったという。

邸内は落ち着いた穏やかなデザインで、派手ではないが洒落ていた。歩き回って疲労した僕たちは、優しく受けとめられたような気分になった。日本の一般家屋では見られない広々とした作りで、さすが異人館という印象だ。

壁の電灯スイッチは、レストランの卓上ベルに似ていた。ババロアみたいにも見える。とても愛らしい形だ。

この館で僕が一番気に入ったのは、二階の「朝食の間」だ。邸宅の東端に迫《せ》り出《だ》す格好で作られているので、大きな縦長の窓からの採光がとても優れている部屋だった。朝の時間帯は、窓ガラスを通して射し込む光が、とりわけ気持ちいいだろう。

これなら、寝起きが悪くても即座に目が覚めそうだ。その日の天気もひとめでわかる。朝食のためだけの食堂とは、なんと贅沢《ぜいたく》な作りだろう。僕は、ここで本当に朝食を摂《と》ってみたくなった。この部屋だけを、ずっと眺めていたかった。

3

風見鶏の館を出たあとは、ゆっくりと坂道を下って、珈琲店へ向かった。

店では幸い、すぐに座れた。

焦茶色《こげちゃいろ》で統一された家具に赤いクッションの椅子が並ぶ喫茶部は、格子の入った窓が採光を調整し、橙色《だいだいいろ》の照明は目にとても優しかった。

青を基調にした絨毯《じゅうたん》の上に並ぶ椅子に腰をおろす。座ってみて初めて、疲労が足に来ていることを実感した。

メニューには、コーヒーだけでなくケーキ類も並んでいる。季節柄パフェやアイスコーヒーにも目が吸い寄せられた。それぞれに欲しいものを注文して、ほっと一息ついた。

「ずいぶん歩いたなあ」

「あまり名所っぽい雰囲気じゃなくてよかったね」

「まわりが民家だから自然な感じだ。山も近いし綺麗だった」

「やっぱり来てよかったでしょう」

　館で撮った写真を見せ合い、あそこはああだった、ここはこうだったと思い出しながら喋った。自分があいう邸宅に住めるわけでもないのに、見学しただけで何かを得たような気分になるのは不思議だった。行く前は異人館巡りなんて何が楽しいのだろうと思っていたが、一度見てしまうと愛着が湧いた。まだ見ていない館があるので、次に来るときを想像すると、少し、わくわくした。

　そのうち、お互いの仕事の話になった。

　邦枝さんや仲幸が働く貿易会社の話題は、僕には興味の対象外だ。だが、疲れた体を休めている間、ぼんやりと聞き流している分には負担にならない。

　僕のほうは、とりとめもなく、昔話などを邦枝さんに何度かふった。「仲幸って案外不器用な奴だろう。覚えているか。ユミちゃんが、バレンタイン・デーに仲幸に告白したときの話を」

　邦枝さんは「覚えてる覚えてる」とすぐに反応し、軽やかに笑った。

仲幸は恥ずかしそうに目を伏せた。悪気はなかったんだけどなあと、まるで昨日の出来事だったかのような顔をして、居心地悪そうに肩を揺らした。

そのうち、ラファーノの話になった。

「レストランのお客さまの数って、季節によって変わるの？」と邦枝さんは訊ねた。

「うちはあまり変わらないな。天気は影響するけれど」

「お店でも家でもお料理を作るのって飽きない？」

「飽きることもある」

「やっぱり本職の人でも飽きるんだ」

「疲れていると作れないからね」

「外食では何を食べるの。やっぱりイタリアン？」

「そうでもないな。中華料理とかインド料理とか、なんでも食べてる」

「お兄さんたちも？」

「兄さんは和食が多いな。もともと好きだし、仕事の参考になるらしい」

「どうして」

「魚の扱い方が参考になるんだって」

「ああ、イタリアンの盛り付けは、確かに、懐石《かいせき》料理みたいなところがあるものね」

仲幸は料理には興味がないのか疲れたのか、ぼんやりとした表情で話を聞き流していた。

邦枝さんがイタリアンの話ばかりするので、少し機嫌を損ねたのかもしれない。

そのとき、邦枝さんが言った。「杉原くんは、本当にレストランの仕事が好きなんだね。異人館でも、ずっと食堂と食器ばかり見ていたよ」

「そうかな」

「うん」

確かに異人館の内装や食器には刺激を受けた。だが、それは邦枝さんを、じっと見つめるわけにはいかなかったせいでもある。

館から館へ移動する途中、仲幸の邦枝さんへの配慮に感心しつつ、僕は邦枝さんの背中や横顔をときどき見ていた。

邦枝さんが何かに集中している間、その様子を僕がそっと観察していたことを、きっと、邦枝さんは気づいていないだろう。

気づかれないように、僕は注意深く行動したのだ。

僕と邦枝さんの時間が前へ進まないように。

いつまでも、過去だけを見ていられるように。

僕たちの思い出は氷柱花だ。

透き通った氷の中に閉じ込められた色鮮《あざ》やかな花は、時間が止まった青春時代そのもので、僕はそれを愛《め》でているだけでよかった。

氷柱花を美しいまま楽しみたいなら、決して、氷を溶かしてはならない。

永遠に、時間を凍《い》てついたままにするべきなのだ。

邦枝さんと視線を合わせながら異人館巡りを楽しんでしまったら、僕たちの過去は氷柱花ではなくなる。

ただの生きた花。枝や葉を絡ませながら、太陽に向かって伸びていく野生の草花となる。

それがどんな結末をもたらすかは目に見えている。だから避けるべきだった。伸幸のためにも。

人間にはタイミングというものがあるのだ。僕は高校時代にそれを見誤った。

あの頃、邦枝さんが抱いていたという気持ちに気づいたほうが、僕はしあわせだったのだろうか。あるいは、僕のほうから一歩踏み込むべきだったのだろうか。それはいまでもわからない。

過ぎ去ったことを惜しむ気はなかった。

悲しくはない。寂《さび》しくはあったが。

いや、悲しくなりたくないから、寂しいと感じようとしているのかもしれない。

悲しまないで済むのなら、僕は、寂しい気持ちを抱《かか》えて生きていくほうを選びたかった。

僕はふたりに訊ねた。「結婚式は、いつになるんだ」

「まだ決めていないよ」仲幸が苦笑した。眼鏡の奥に戸惑うような光があった。「式場選びもこれからだ。一年ぐらい前から探すといいらしい。半年前でもまだ予約できるそうだが、希望の部屋や日が限定されるから、なるべく早いほうがいいんだ」

「でも、結婚自体はもう決めたんだろう」

仲幸はコーヒーカップを口許《くちもと》に運んだ。中身を飲み干し、カップを皿に戻しても黙ったままだった。

すると、邦枝さんが僕に向かって言った。「今日は本当に楽しかった。ありがとう」

「いや、これぐらいなら、いつでも」と僕が答えると、邦枝さんは続けた。

「高校時代、こうやって、三人で遊びに行けたらよかったのにね」

「遠慮せずに、言ってくれたらよかったのに」

「あの頃は、遠くから眺めているだけで精一杯だったから。ふたりとも、わたしから見ると眩《まぶ》しすぎて声をかけにくかった」

「大袈裟《おおげさ》だなあ。僕たちには、スタープレイヤーみたいな人気はなかっただろう」

「そんなことないよ。でも、杉原くんも仲幸さんも、みんなのものだったから。わたしひとりのものじゃなかったから」

邦枝さんは屈託のない笑顔を見せた。「今日は本当にありがとう。やっと願いがかなったって感じ。ほっとしたというか、ああ、これで全部綺麗に終わったなって」

終わった、か。

僕は邦枝さんにもわかるように、少しだけ笑みを浮かべた。

そんなに簡単に割り切れるのだろうかと思いつつも、僕は邦枝さんの言葉をそのまま受け入れた。

言葉に出した以上、それは邦枝さんの強い意思だ。仲幸と生涯を共にすると、わざわざ僕の前で仲幸に聞かせたのだから、もう引き返す道はない。

邦枝さんの勇気を守りたいと思った。

仲幸も、いま同じ気持ちでいるだろう。邦枝さんが口にした以上、もう他に言葉はいらないと。

ふと、当時から、こんなふうに気軽に声をかけ合い、三人でしょっちゅう遊びに出かけていたら、これほど迷わなかったのではないかと思った。

そうすれば、誰も迷わず、最適の道を選べたのではないか、と。

いや、そうとも限らないか。

高校時代、僕たちは自分自身の気持ちすら持てあましていた。いまみたいに他人を気づかえたとは思えない。

今日、ちょうどいい時期に、僕たちは三人で楽しい一日を過ごし、ようやく、それぞれがやるべきことに気づいたのだろう。

高校時代でもなく、社会に出た直後でもなく、今日まで待たねばならなかった僕自身を、僕は自分でもずいぶん間抜けだなと感じた。だが、それでも、自分で感じているほどに悪いことでもないのだろう。

僕はふたりに向かって言った。「ひとつ、提案がある」

「何？」

「少し前から考えていたんだけど、ラファーノの料理でふたりを祝福させて欲しい。邦枝さんも伸幸も、これまで、別々にうちの店へ来ているだろう。一緒に来たところをまだ見ていない。ふたりで食事を楽しんでいる姿を見たいんだ。店を貸し切りにして特別メニューを出すから、それを食べてもらいたい」

「いいの？　そんな特別な対応」

「兄さんたちには僕から説明して許可をもらう」

「うれしいけれど迷惑にならないかな」伸幸も心配そうに言った。「貸し切りといっても、ふたりだけのディナーだろう。店にとっては損失になるよ」

「定休日を使うつもりだ」

「お兄さんたちの休みを潰すって、よくないんじゃないか」

「説得する。兄さんたちはプロだ。できないことは弟の頼みであっても必ず断る。逆に『いいよ』と言ってくれたら、それは心から、おまえたちのために料理を作りたいからだ。遠慮せずに来て欲しい」

伸幸は困惑していた。しばらくイタリアンの店を避けていた手前、邦枝さんにどう切り出せばいいのか、迷っているのかもしれない。

沈黙を破ってくれたのは邦枝さんのほうだった。「伸幸さん。せっかくだから、お邪魔させてもらおうよ」

「でも」

「遠慮するほうが友達らしくないよ。わたしは杉原くんの気持ちを大切にしたい。レストランで働くのが何よりも好きな杉原くんが、わたしたちのためだけに作ってくれるんだよ」

「でも、本格的な料理は、杉原ひとりでは作れないんだろう」

「その点だが」と僕は付け加えた。「重要な部分は、勿論《もちろん》、兄さんたちが手がける。僕の仕事は簡単な手伝いと料理のサーヴ、そして、全体の雰囲気作りだ。だから味については心配しないで。兄さんたちが存分に腕をふるうんだ、美味しくないはずはない。あと、これはお祝いだから、料金は気にしないでくれ」

「それはだめだ。せめて半分でも」

「店には僕から支払っておくから損にはならない。気にするな」

日時は、後日、あらためて決めようということになり、その日は、ふたりと別れた。

伸幸がずっと心配そうな顔をしていたので、僕はあとでメールを送り、何も考えなくていいと念押ししておいた。

美味しい料理は、難しいことなど考えないで食べたほうがいいに決まっている。お客さまは、ただ、お皿の前で自由に楽しむだけでいい。

これが、邦枝さんと約束していた三回目の特別メニューだ。

最高のものを作ろう。

第六章　ふたりだけのディナー

1

兄たちには迷惑をかける形になるが、たった一組だけのディナーだ。

休日を二時間ほどもらうか、だめなら営業日の最終時間帯を貸し切る。料金は僕《ぼく》が支払う。この形でどうだろうかと、僕は義隆兄さんに、お祝いディナーの話を持ちかけた。

義隆兄さんは即答しなかった。

しばらく考え込んでいた。

いいとか悪いとか言う前に、「おまえも厨房《ちゅうぼう》に入るんだろうな」と訊《たず》ねてきた。

「勿論《もちろん》だ」と僕は答えた。「兄さんと彩子だけに任せる形にはしない。僕はラファーノの店員として、きちんとふたりを祝福したい」

「わかった。じゃあ定休日を使おう。そのほうが他のお客さまの迷惑にならないし、いいタイミングで料理を出せる。フルコースにするなら、夕方のベストな時間帯に来てもらいたいからな」

「ごめん。せっかくの休みを潰《つぶ》させてしまって」

「めったにない話だ。今回は許そう。でも、二度三度は勘弁《かんべん》してくれよ」

「うん。わかっている」

日にちは決まった。

次はメニューの選定だ。

旬《しゅん》に合わせて、野菜や魚をリストアップした。メインは牛フィレ肉のソテーと決めた。

お祝い事だから、オーソドックスで上質なものがいい。

前菜、一番目の皿《プリモ・ピアット》、二番目の皿《セコンド・ピアット》。重くなりすぎない分量でいろんな料理を出し、最後にドルチェとコーヒーで軽やかにしめる。

2

ディナーの開始は夕方六時と決めた。

時間通りにラファーノを訪れた邦枝さんと伸幸を彩子が出迎え、室内の中央に作った四人掛けのテーブルに案内した。

定休日だから、曽我くんをはじめとするアルバイトのスタッフは休みだ。店内で働くのは、義隆兄さんと彩子、そして僕の三人だけ。

ふたり以外にお客さまがいないので、店内の音楽は、いつもよりほんの少しだけ音量を増しておいた。

会話の邪魔にならず、食器が触れ合う音や、厨房の作業音が気にならないぐらいの大きさだ。

イエラン・セルシェルによる11弦ギターの演奏を、ずっとかけておくことにした。セルシェルの弾《ひ》き方は粒立《つぶだ》った音のひとつひとつが綺麗《きれい》で、バッハのリュート組曲やヨーロッパの古謡をアルト・ギター用に編曲してある。たった一台の楽器で出しているとは思えないほど豊かな音が、樹木のうえに降り注ぐ雨のように爽《さわ》やかな印象を残していく演奏で、今日の雰囲気《ふんいき》にぴったりに思えた。

おしぼりとメニューは僕が運んだ。料理はシェフのお任せになるので、今日は飲み物のメニューだけを運ぶ。

「本日はご来店頂き誠《まこと》にありがとうございます」僕は丁寧《ていねい》に挨拶《あいさつ》し、ふたりにメニューを手渡した。「飲み物は自由に選んで下さい。ワインはハーフボトル、フルボトル、グラスワインとそろっています。カクテル、ソフトドリンクなども、お好きなものをどうぞ」

「ありがとう。じゃあ、まずスプマンテ。それから赤をもらおう。杉原のお勧めは」

「最初に、ヴィッラ・サンディ・プロセッコをグラスで。それをあけて頂いたあとは、テッレ・デル・バローロ・ピエモンテ・バルベーラをボトルでお持ちします」

「飲みやすい銘柄《めいがら》?」

「はい。今日の料理全般によく合います」

「ではそれで」

「かしこまりました」

前菜は、夏サンマのマリネだ。

これは彩子と僕で担当。僕は野菜を刻み、マリネ液と仕上げに使うソースを作る。サンマというと秋のイメージがあるが、七月の中旬頃《ごろ》から、はしりが入荷してくる。これをうまく使えば美味《おい》しい料理ができる。

まずはマリネ液を作る。

ガーリックの皮を剝《む》き、おろし金ですりおろす。赤唐辛子《あかとうがらし》は少量をみじん切り。手鍋《てなべ》の底にオリーブオイルを流し、赤唐辛子を温めた。熱くなってきたところへ白ワインヴィネガーを加える。塩、胡椒《こしょう》、ガーリックを続けて入れる。充分に味と香りを引き出してから中身をバットへ移した。

サンマは頭を落とし、内臓を取り除き、三枚におろしてもらった。この段階で骨を取り除くので、料理として出すときには、とても食べやすい状態になっている。流水で綺麗に洗ったら塩をふりかけて強火でグリル。

その間に、付け合わせに使う緑ピーマン、赤ピーマンをひとくちサイズに切っておく。焼きあがったサンマを、さきほど作ったマリネ液に静かに浸《ひた》した。厨房内を満たしていた香ばしい匂《にお》いが少し落ち着いた。

ピーマンはオリーブオイルを流したフライパンでソテー。炒《いた》めすぎると歯ごたえがなくなるので、余熱が回る分も計算してフライパンから引きあげ、ざるに移して余分な油をきる。

その間に、僕は、仕上げに使うバジリコソースを作った。

まず、バジリコの葉を少量ずつミキサーにかける。いっぺんに回すと摩擦熱《まさつねつ》でバジリコが変色するので、少しずつ回していく。これをボウルに移して粉チーズを加える。オリーブオイルとガーリックと松の実もミキサーにかけ、ボウルに移して、すべてを混ぜ合わせると、綺麗な緑色のソースができあがった。

バジリコの香りが豊かに立ちのぼるこのソースは、サンマの魚臭《さかなくさ》さをうまく消してくれる。

最後はトマトのソテー。輪切りにしたトマトを、フライパンを使って弱火でゆっくりと焼く。塩で味を調える。

盛り付けは僕が担当した。まず、ソテーしたピーマンを下敷きとして並べる。次に、マリネ液で味つけしたサンマの半身をその上に載せ、ソテーしたトマトを添える。サンマにバジリコソースをかけ、イタリアンパセリで飾ったら完成だ。赤と緑の配色が映える前菜ができあがった。

皿は僕が自分で運んだ。

「夏サンマのマリネです」と告げてサーヴすると、「もう、サンマ？」と邦枝さんも伸幸も驚いた。

「はしりです」

「今頃からあるんだ」

「はい。まだ脂《あぶら》がのっていない時期なので、さっぱりした味です。マリネにすると、夏野菜やハーブとよく味が馴染《なじ》みます」

料理の説明を終えると、すぐに厨房へ戻った。

次は一番目の皿、フリット《プリモ・ピアット》だ。

アボカドの生ハム巻き、ナス、アスパラガスの三種盛り。衣はコーンスターチを加えた薄力粉に白ワインを加えて作った。軽くて舌ざわりよく仕上がる衣だ。

次に出す皿とのバランスを考えて分量は少なめにした。揚げは義隆兄さんに任せた。一八〇度に熱した油で揚げて、一番いい色になったところで引きあげる。

僕は料理に添《そ》えるレモンを櫛形《くしがた》に切った。いつも使うアクリル製の鳥型レモン搾《しぼ》り器を出してきて、それにセッティング。

た。

彩子が前菜の皿を戻してきた。ちょうどいい間隔だ。

水と氷を入れたグラスを先に運び、からになったスプマンテのグラスを厨房まで下げた。

入れ替わりに、テッレ・デル・バローロ・ピエモンテ・バルベーラのボトルとワインクーラーを持って再びテーブルへ戻る。

まず、テーブルにワインクーラーを置く。このワインは赤だが、夏なのでワインの温度が上がりすぎないように今日はクーラーを使う。

ワインの瓶《びん》を両手で支え、邦枝さんと仲幸が確認できるようにラベルを見てもらった。

「ご注文の赤ワインです。よろしいでしょうか」

ラベルに描かれた絵に邦枝さんが反応した。「これはイノシシ？」

「はい。こんな絵がついていますが、味は野獣の荒々しさとはほど遠く、果実の味わいと香りに満ちたワインです」

仲幸が言った。「うろこの家にあったイノシシの像を思い出すね」

「ほんと。しあわせの御利益があったのかしら」

「きっとそうですね」

僕はワイングラスにバルベーラを注《つ》ぎながら言った。「このように、とても濃くて深い赤色で、注いだ直後は少し渋《しぶ》みがあります。しかし、しばらく空気に触れさせていると、きちんとかどがとれ、口へ運ぶ頃には、フルーティーな味わいに変わります。すっきりした辛口なので、どんな料理の美味しさも損ないません」

ワインを注ぎ終え、ボトルをクーラーに入れると、僕は厨房へ戻った。

三種のフリットを持って再びテーブルへ。彩子がフォカッチャの皿を手にしてあとに続く。

「フリットの盛り合わせです。こちらのレモンでお召しあがり下さい」

「ありがとう。イタリアンの揚げ物って、レモンがよく合うね。前に食べたカツレツも、この食べ方がとても美味しかった」

「ありがとうございます。ゆっくりお楽しみ下さい」

厨房に戻り、二番目の皿《セコンド・ピアット》となる牛フィレ肉の準備に入った。

肉の下ごしらえとグリルは義隆兄さんに任せ、僕は、仕上げにかける赤ワインソース作りだ。

まず、エシャロットを丁寧にみじん切り。

鍋にオリーブオイルを流し、エシャロットを炒め、赤ワインとローリエを入れる。若干甘味を足すために、マルサラワインを少量加える。

焦がさないように弱火で煮つめていく。

水分がなくなってきたら、ブロードを足して、さらに煮る。とろみがついたら火からおろし、滑《なめ》らかな舌ざわりになるように一回濾《こ》す。

濾したものをまた鍋に戻し、バターと塩と胡椒で味を調えるが、これは義隆兄さんに任せた。シンプルにソテーしただけのフィレ肉に添えるソースだから、味の調節はとても大切な仕事だ。

僕には、このあたりが、まだうまく加減できない。食材をシンプルに仕上げる料理ほど、料理人の力が如実《にょじつ》に出てしまう。僕では技量が足りない。

彩子がフリットの皿を戻してきた。

義隆兄さんが、塩と胡椒で味つけしたフィレ肉を、オリーブオイルを流したフライパンに入れた。

じゅっと油が弾《はじ》ける音と共に、たちまち、肉の焼けるいい匂いが厨房中に満ちた。

強火で表面を一気に焼いたのち、鍋に蓋《ふた》をして中火で二分ほど蒸らす。

盛り付けは僕が担当。

テーブルまで皿を運び、ふたりに説明した。

「牛フィレ肉のソテー、赤ワインソース掛けです。クレソンとラファーノを添えました」

「これがラファーノ？　お店の名前になった？」

「はい。ピリッとする辛味がありますので、量はお好みで調節して下さい」

メインの皿を楽しんでもらっている間に、最後に出すドルチェの準備だ。

肉料理で覚える満腹感と余韻を損なわないように、適度な休息時間をおいたのち、彩子と一緒に厨房からテーブルへ向かった。

ドルチェとして選んだケーキは、ホールサイズのままワゴンで客席まで運んだ。目の前で切り分けてサーヴするためだ。これを作ったのは彩子なので、一緒に来てもらった。

届いたドルチェに邦枝さんは目を見張った。

二色のスポンジ生地を土台にクリームを詰め、色とりどりの砂糖漬けのフルーツやドライフルーツやナッツで飾った華やかなケーキ。チェリーの赤色、オレンジピールの橙《だいだい》色《いろ》、洋梨《ようなし》のほんのりと黄色味を帯びた白さ、瓜《うり》の黄緑色。そして、軽く炒《い》ったスライスアーモンドの色合いは、ぱりっとした食感と香ばしさをたちまち想起させる。

「綺麗。これ、なんていうお菓子ですか」

「カッサータです」と僕は答えた。「シチリア生まれの、イタリアではお祝いに欠かせない有名なお菓子です。デザインのバリエーションが広いので、作る人ごとに個性が出ます。ご家庭でも簡単に作れるので、デザインのパターンは無数にありますよ。今日は、お祝いの花束をイメージして作ってもらいました。ドルチェを担当したのは僕の妹です」

彩子は微笑を浮かべて少し頭を下げ、お菓子の内容を説明し始めた。

「デザインは違っても、カッサータの基本材料は同じです。リコッタチーズクリームとフルーツ。スポンジ生地は、使う場合と使わない場合があります。リコッタにアイスクリームを混ぜ、冷菓として仕上げることもあります。今日は形をきっちりと作りたかったので、パイ型にスポンジ生地を詰め、クリームを流し込みました。最後にお皿の上にひっくり返して、トップを砂糖漬けのフルーツなどで飾っています。スポンジ生地は二種類を使い分けました。ピスタチオの粉を使ったものがパスタ・レアーレ、緑色の部分がそうです。白い生地は、小麦粉とコーンスターチを使うパン・ディ・スパーニャ」

「すごく甘そうだね」伸幸が心配そうに言う。「僕は少しだけにしておいたほうがいいかな」

「ベースがチーズクリームですから、案外、さっぱりしていますよ。フルーツの甘さが適度なアクセントになります」

邦枝さんは「わたしは多めに頂きます」とうれしそうに言った。「本物の花束みたい。素敵です」

「ありがとうございます」

「お話をうかがっていると、おうちでも簡単にできそうですね」

「ええ。何かの記念日に作ると楽しいですよ」

「自分でも作り方を調べてみます。いいお菓子を教えて下さってありがとう」

彩子がカッサータを切り分けて皿に載せた。

僕はそれをサーヴし、そのあと、注ぎ口の細い銀色のポットからコーヒーをカップに注ぎ、ケーキの隣に並べた。

「時間を気にせず、ゆっくり、お楽しみ下さい」

そう言い残して、僕たちは厨房へ引きあげた。

中へ戻ったらすぐに片づけを始めた。食器、鍋、フライパンなどを、流しでざっと水洗いしたあと、洗浄機へ入れていく。定休日にわざわざ時間をさいてもらったので、これは僕の仕事だ。

途中、彩子から声をかけられた。

グラスに水を注ぎに行ったとき、邦枝さんと伸幸から、帰る前に僕に挨拶をしたいと言われたという。

洗いものが一段落つくと、義隆兄さんと彩子を厨房に残し、僕だけがテーブルへ向かった。

僕の顔を見るとふたりは、「とても美味しかった」「ありがとう」とそれぞれ口にした。

「前に聞いたことがあるけれど」と伸幸が言った。「新郎新婦は、自分の結婚式ではいろんな演出に追いまくられて、ほとんど何も食べられないそうだね。式の前に、ゆっくり食事ができてよかったよ」

「こちらこそお礼を言いたい。料理人として、ずいぶんと勉強になった。これからの仕事に生かしていくよ」

それから僕は、邦枝さんのほうを見て、あらためて訊ねた。

「僕の兄と妹は『お客さまの人生に、ささやかな刺激と楽しみを添えられるように』という願いを込めて、店名を〈ラファーノ〉としました。僕たちは、その名の通りにサービスできたでしょうか。〈ラファーノ〉はおふたりにとって、人生における、よき添え物となってくれたでしょうか」

「勿論です」邦枝さんは微笑《ほほえ》んだ。「ちょっぴり辛くて、刺激的で、すべてのお料理を、これ以上なく引き立ててくれました。お店の名に相応《ふさわ》しいお祝いでした。本当にありがとう」

その「ありがとう」は「さようなら」と同じ意味だ。

僕は、そう感じ取った。

椅子《いす》から立ちあがったふたりを、店の出入り口まで案内した。

義隆兄さんと彩子も厨房から出てきて、ふたりに挨拶した。

「これからも、また遠慮なくご来店下さい」

「はい。次からは普通の営業日に参ります」

しあわせそうな後ろ姿を見送り、僕たちは店内へ戻った。

音楽はまだ流れていたが、客のいない店内には、既《すで》に、ひんやりとした寂《さび》しい空気が漂っていた。

彩子が僕たちに言った。「カッサータの残りを食べようよ。美味しいうちに」

「いいね」

切り分けられて半分になったケーキを、僕たちは三等分し、コーヒーを飲みながら食べた。

溜息《ためいき》が出るほど美味しい。甘味が好きな僕にとっては、たまらないお菓子だった。「おまえ、本当にドルチェ作りも上手いなあ」

「こっちも勉強してみる?」

「そのうちにな」

疲れた体にカッサータの甘さが沁《し》みわたる。ひと仕事終えた満足感があった。

「食べる側だけでなく、作る側も満足できる仕事って最高だろう」と義隆兄さんは僕に言った。

「そうだな。そういうことが、料理人として最高の瞬間なんだろうな」

僕は今日、あくまでも、邦枝さんと仲幸のために料理を作った。

見知らぬ誰《だれ》かをしあわせにするための料理は、まだ何ひとつ作れていない。

名前も知らないお客さまを料理でしあわせにできる日。そんな夢のような日は、まだまだ、僕がいる場所からは遠い場所にある。かけらほども見えない。

僕のような人間でも、いつかは、そこへ辿《たど》り着《つ》けるのだろうか。
父さんや兄さんみたいに。

第七章　幸あるもの

翌週、仲幸から僕にメールが届いた。

ふたりだけで会いたいと書いてあった。ハーバーランドに並ぶ店で軽く食べたあと、観覧車が見える海沿いをぶらぶら歩きながら話そうと。

落ち着いて話をするなら、どこかの店でゆっくりと酒でも呑《の》みながらのほうがいい。だが、そういう気分ではないのだろう。

真意がどこにあるのかわからないが、突飛なことを言い出しても悪意はないのが仲幸だ。心配はしなかった。

夜のハーバーランドからメリケンパークを望むと、神戸港のイルミネーションの洪水が目の前に広がる。

花火のように刻々と色が変化する大観覧車の輝き、青白い光を放つ神戸メリケンパークオリエンタルホテル、神戸海洋博物館の純白の照明、そして、ひときわ目立つポートタワーの赤い色。

ビアレストランで黒ビールを呑み、生ハムやソーセージをつまんだあと、僕たちは観光用に沿岸を回る客船の船着き場まで出た。

山側や対岸の明かりが綺麗《きれい》に見えた。

こういう場所は、潮風を容赦《ようしゃ》なく浴びるので髪や服が少し湿るが、いまの季節には、酔いをさますのにちょうどいいところでもある。

伸幸は、バーにこもって話をするのではなく、解放された気分で話したかったのだろう。すぐに口を開いた。「このあいだ、優奈から、ウエディング関係の雑誌やパンフレットを山ほど見せられた。喫茶店のテーブルでは広げるのが大変だったよ。雑誌はものすごく分厚いし」

結婚式は、準備だけで疲れてしまうという。

新婦が自分の好みで決められる部分もあるが、ふたりで相談しなければならないことも多いので、何ヶ月も雑事に追われるらしい。

「お祝いのディナー、優奈は本当に喜んでいたよ。一生、忘れられない思い出になると言っていた」

「ありがとう」

「おれはあれより、もっと忘れられない思い出を作らなきゃならない。あれが一番の思い出だったなんて生涯言われ続けたら、立つ瀬がないからな」

「そこはがんばってくれ。僕《ぼく》には、これ以上の手伝いはできないから」

仲幸はくすりと笑い、「うまくやってくれたものだと思うよ」と言った。

「そうかい」

「おまえは優奈の迷いを断ってくれたが、それと同時に、いつまでも忘れられない何かを優奈の心に置いていった」

「大袈裟《おおげさ》だなあ。僕は、たいしたことはしなかっただろう」

仲幸はそれには応《こた》えず「ちょうどいい機会だから、昔話をしておこうか」と続けた。

「ソフトテニス部にいた頃《ころ》、女子が大勢、部活の練習を遠くから眺めていただろう」

「ああ」

部員がコートに出ると熱い声援を送っていた女の子たち。多くはスタープレイヤーのフアンだった。優奈も、よく、そのグループの中に交じっていた。

遠い昔を懐《なつ》かしむように、仲幸は眼鏡の奥で目を細めた。「優奈は他の女子みたいに大声を出すタイプじゃなかったが、いつも練習を熱心に見つめていた。視線を追ってみると、誰《だれ》がラケットを振っているかということよりも、テニスの試合自体を楽しんでいるのだとわかったよ。おれは優奈のそういうところに惹《ひ》かれた。『テニス部で活躍する男子が好きな女子』は大勢いる。そうやって応援してくれる女子は、男子の目から見れば限りなくありがたい存在だ。でも、おれは、自分と球を打ち合ってくれる女子がいればいいなと、ずっと思っていたんだ。教えてくれと甘えたりもせず、声をかければすっとコートに入って、何気なくラケットを振ってくれるような女子がいればと。優奈を見ていると、彼女なら、そんなことをやってくれそうな気がした」

そのあたりから、仲幸は、優奈を強く意識するようになったという。表には出さなかったが、ずっと好意を抱き続けていたと。

「でも、自意識過剰な年頃だろう。告白するには勇気が必要だったし、おれが気持ちを打ち明けると、優奈が女子グループの中で浮いて、仲間はずれになってしまうんじゃないかと気になった。グループ内の決め事や、女子の心理を読むのは難しいからね。そして、悶々《もんもん》としながら優奈を意識しているうちに、おれはあることに気づいた。試合の流れを追っている優奈の目が、それと同時に、ある人物の姿を追っていることに。他人の試合じゃなくて自分の試合のときだから、なかなか気づかなかったんだな。優奈はおれたちの試合に限って、試合だけでなく、プレイヤーを熱心に見つめていた。おれを見ていたんじゃない。おまえを見ていたんだよ」

仲幸は僕をじっと見つめた。「おまえは気づいていなかっただろう。優奈は最初から、おまえだけを見ていた。前にも話したが、彼女が見ていたのは初めからおまえひとりだった。おれじゃない」

僕が黙っていると仲幸はさらに続けた。「おまえは、スタープレイヤーだけが女子の人気を集めているとよく言っていたが、それは違う。女の子はそんな単純なものじゃない。本当に好きな男子は別腹だよ。おまえはずっと優奈から見つめられていたのに、全然気づいていなかった。責めているんじゃないよ。あの頃の優奈は、とても不思議な女の子だった。自分の心を隠すのがうまかった。おまえも覚えがあるんじゃないか。思春期の頃はみんなそうだろう」

「邦枝さんは」と僕は口を開いた。「僕がクラブを辞めると言い出したとき、自分から止めにきた。必死になって僕を説得しようとした。おまえがパートナーを失うと可哀想《かわいそう》だからと言って。あのとき僕は、邦枝さんがおまえを好きなんだと思っていたよ。好きな男子が試合で困るのが嫌で、僕を説得に来たのだと」

「こっちは、そんなこと知らなかったから」

「聞かなかったんだ。僕自身に対する気持ちは」

「そうか。あの頃の優奈は、たぶん、おれと同じだったんだろうな。好きで好きでたまらない相手がいるのに、自分が誰かを好きだということの意味を自分で把握《はあく》できず、相手に伝えられず。よくある話さ。若い頃には」

　伸幸は溜息《ためいき》を洩《も》らした。「おれが優奈に自分の気持ちを打ち明けるべきか、それとも、おまえに優奈の気持ちをこっそり伝えて、ふたりがうまくゆくように誘導してやるべきか。あの頃おれは、めちゃくちゃ迷っていたんだぞ。それをおまえは、お父さんの件があったとはいえ、なにかこう、自分の人生にしか興味はありませんという顔をして」

「そんなに気をつかう必要はなかったのに。そういうときには、遠慮せずに、自分の欲しいものをガッと摑《つか》むべきなんだよ」

「そういう気持ちは勿論《もちろん》あったよ。おまえを気づかいつつも、自分の中にある『優奈が欲しい』という気持ちを、おれは捨てられなかった。スタープレイヤーよりもおまえをじっと見つめている彼女の姿は、なんとも忘れがたかったからね。それがおれのためじゃなくても、とても輝いて見えた」

それでも、なかなか踏ん切りがつかず、仲幸が自分の気持ちを邦枝さんに打ち明けたのは、高校を卒業した直後だった。

卒業式の日には、気持ちを打ち明けられなかったという。

僕が家の都合で早々と帰ってしまったことで、邦枝さんが、ずいぶんがっかりしていたからだ。

仲幸は翌日まで黙り続け、しかし、どうしてもあきらめきれず、邦枝さんの家まで行って玄関の呼び鈴を鳴らした。

邦枝さんは仲幸から想《おも》いを打ち明けられると、ひどく戸惑った。「田之倉くんは、もう誰かと付き合ってると思っていたよ」と言ったという。

「どうして」

「かっこいいもの。テニスをやっている田之倉くんは、本当に、かっこよかったから」

「それはそれとして、やっぱりおれではだめかな」

邦枝さんは唇を噛《か》みしめ、しばらく悩んでいた。

自分の気持ちを整理したかったのだろう。

在学中、邦枝さんは僕をずっと見ていたそうだが、結局、何も打ち明けなかった。

卒業後もまだ行動を起こしていないのであれば、自分の話を聞いてもらえるはずだと、仲幸は予想していたという。

この日の朝、仲幸は少し不思議な体験をしたらしい。

たまたまスマートフォンの画面の端《はし》に表示された星占いの広告で、この日、仲幸の星座の運勢は98点だったという。

いつもはそんなものなど見ないのに、邦枝さんの件で悩んでいた仲幸は、無意識のうちに広告欄にタッチして、さらに詳しく見ようとした。

ページが切り替わった。

画面が真っ暗になったので、やばいリンクを踏んでしまったのかと慌《あわ》てたが、すぐにきらきらと星が輝き流れる動画が出現し、画面の中央にこう書いてあったという。

『今日は、好きな相手がいれば思い切って心を打ち明けましょう。あなたの心は必ず受け入れられます』

普段は占いなど全然気にしないくせに、仲幸は妙にこの言葉に惹かれ、背中をどんと押された気持ちになったという。

画面をスクロールしていくと、この日のラッキーナンバーやラッキーカラーの一覧が表示され、一番下にはこう書いてあった。

『積極的な行動があなたの運命を変えます。線路のポイント切り換えをしましょう。新しい未来が、あなたのもとへやって来ますよ』

どこの会社がやっていた占いなのか、まったく記憶にないという。

その後も、同じ広告に出会うことは二度となかった。

いつも同じサイトを巡《めぐ》っているはずなのに、それ以降は、一度も目にしていないのだという。

ネットの占いのページなど、どこの会社が作っても似たり寄ったりだ。自分がたまたま見ていないだけで、デザインを変えて、同じものをいまでもやっているのだろうと仲幸は考えた。だが、あのとき目にしたページだけが、なぜか、いまでも鮮明《せんめい》に脳裏《のうり》に焼きついており、一度も消えたことがないのだという。

ともかく、そういう形で背を押され、伸幸は邦枝さんの家を訪れた。

暑苦しい情熱を相手に迷惑がられないように、懸命《けんめい》に冷静さを保ちながら、自分の心を打ち明けた。

「あのとき、もしかしたら邦枝さんも、卒業してから、あらためておまえに声をかけようとしていたのかもしれない」と伸幸は言った。おれが考えたように、おれがそうしたように、と。

直接確かめはしなかったが、邦枝さんの性格を考えると有り得る。杉原くんのお父さんの病状が落ち着いてから声をかけよう、そう考えていても不思議ではない女の子だ。

だからこそ、伸幸は先手に出た。

これ以上は待てない。打ち明けるなら、いましかない、と。

邦枝さんはかなり迷った末に、こう応えたという。「突然の話だから考えがよくまとまらない。でも、友達みたいな関係でいいなら」

「いいんだ。最初はそれでいい」

「卒業式が済んだばかりだから、これから田之倉くんに連絡してくる女子もいると思うの。それを待ってあげてくれないかな」

「来たとしても断る。おれが好きなのは邦枝さんだけだ」

その瞬間、伸幸は自分の運命が切り替わった音を聞いたという。鉄道線路の分岐器が重々しく動き、列車が進む方向を変えた音を。

世界が分岐したと感じた。

別の運命が道を作った、と。


大学時代のふたりの付き合いは、本当に淡いものだったそうだ。

恋人同士というよりも、ただの友達同士のようなもので、他の友人も交えたグループでの行動をとる場合も多かった。

邦枝さんの雰囲気が変わったのは就職してから。花の蕾《つぼみ》が開いていくように、急速に印象が変わっていったそうだ。

仕事をすればするほど積極的な雰囲気になっていった。たぶん、学校よりも社会活動のほうが性に合っていたのだろう。本来そうであったはずの自分自身を見出《みいだ》し、明るく輝く人になっていった。

それが伸幸の心をいっそう惹きつけた。

勇気を出してよかった。自分の気持ちを打ち明けてよかった。そう思いつつ、さらに仲を深めていった。邦枝さんもはっきりと感情を表に出すようになり、大学時代とは違う付き合い方が始まった。

邦枝さんは、高校卒業以来、僕のことを何ひとつ口にしなくなっていたという。噂話《うわさばなし》としてすら言及しなかった。

仲幸自身も、自分からは触れなかった。

そうしていると、いつしか、この運命は最初から決まっていたもので、別の可能性など何ひとつなかったのだと、安心できるようになった。

だから、邦枝さんがラファーノで僕と再会したと知った瞬間、仲幸は激しく動揺した。あのとき切り捨てたはずの未来が、自分に向かって、反旗を翻《ひるがえ》したように感じられたのだ。

邦枝さんが僕に好意を抱いていることに気づきつつも、仲幸は、卒業と同時に自分の気持ちを優先させた。

それに対して後悔はなかったが、もし、邦枝さん自身にいまでも拘《こだわ》りがあるとしたら、という気持ちは、心の底でいつも抱いていたそうだ。

他人の心は、その当人にしか制御できない。

いくら自分が努力しても、邦枝さんが気持ちを変えたらどうなるか。運命の糸で本当につながっていたのは邦枝さんと僕のほうで、どれほど困難があろうともそれは切れず、こんな形で甦《よみがえ》ってきたのではないかと恐怖したらしい。

あの日に見た占いが、急に怖《こわ》くなった。

自分を助けるふりをして、実は、崖《がけ》から突き落とすようなものだったのではないかと。

ラファーノで僕と再会し、後日バーで一緒に酒を呑《の》んだとき、仲幸は、そんなふうに打ちのめされていた最中だったのだ。

「おまえは『何を大袈裟な』という顔つきをしていたが、おれにとっては人生最大の岐路だった。このまま優奈を連れて逃げ切れるのか、それとも、おまえに優奈を奪われてしまうのかという」

「そんな気持ちはないと、あのとき、はっきりと言ったじゃないか」

僕はそう応えたが、内心では背筋がひんやりとするのを感じていた。

何かひとつが違っていたら、先日の、あの結末はなかったのだろう。

邦枝さんと仲幸、邦枝さんと僕。

誰かひとりが別の行動をとっただけで、あの楽しいお祝いディナーは、この世に存在しなかったかもしれないのだ。人間は自分の知らないところで、どれほどのものを背負い、背負わされているのだろう。

仲幸は続けた。「おれがおまえと同じ立場だったら、今回のように鮮《あざ》やかに身を退《ひ》けたかどうか疑問に思う。でも、おまえはそれをやってのけた。あらためて、優奈の人を見る目の確かさには驚かされるよ。おれは欲しいものを手に入れたが、おまえたちには負けたような気がしてならない」

「それは錯覚だ」と僕は言った。「どれほどみっともなく悩もうが、見苦しく振る舞おうが、実際に行動したのはおまえだ。僕は何もしていない。邦枝さんに対して自分からは何もしなかった。邦枝さんがいくら僕に好意を持っていても、行動を伴わない関係性に意味はないだろう。その一点だけでおまえは僕に勝っている。負けたと感じる必要なんてないんだ。そのような人間が報われることこそ、掛け値なしに本当のしあわせだと僕は思うよ」

「本当に？」

「月並みな言葉だけれど、末永くおしあわせに。昔見た変な占いのことはもう忘れろ。世界の分岐なんて最初からなかった。最初から邦枝さんと自分が結ばれる運命しかなかった。そう思っておけばいいんだ」

もしかしたら、世の中には、こういう時点から始まる愛憎劇もあるのかもしれない。

捻《ねじ》れた感情ほど強い力を持つ。

それは物を壊していく。

愛とは正反対の何かだ。

仲幸も僕も、心の中に、そんなものがなくて本当によかった。

僕たちは弱くて平凡な人間だが、不必要に他人を傷つけずに生きていけるなら、それだけで充分だ。

どちらからともなく、もう少し呑んで帰ろうかと言い出し、結局、駅前で終電近くまで呑む格好になった。

仲幸は憑《つ》き物《もの》が落ちたようにすっきりした表情で呑み、駅前で別れる頃には、とても穏《おだ》やかな雰囲気《ふんいき》に変わっていた。

僕のほうは、ようやく実感を伴って押し寄せてきた寂《さび》しさに、少し胸苦しいような気分だった。

人としての孤独に、ようやく気づいたといったところか。

前に彩子からかけられた言葉をふと思い出した。僕は他人に対して淡泊《たんぱく》なだけでなく、少々、ずれているところがあるのだろう。でも、だからこそ、邦枝さんや伸幸と正面衝突せずに済んだのかもしれない。だとすれば、ずれているのもいいものだ。

駅前で伸幸と別れたあとも、僕は、夜の街のざわめきにまだ酔っていた。胸苦しさも相変わらずだった。

前に父さんが言っていた、「泣きながら酒を呑むような日」とは、こんなときを言うのだろうかと感じたりもした。

＊

日本で一番結婚式が多い月は十一月だそうだ。

紅葉が綺麗で過ごしやすい気候だし、何よりも、十一月二十二日が「いい夫婦の日」だから、この日に籍を入れたり、この月に結婚式を挙げる人が多いらしい。

でも、いまからだとその頃の予約には間に合わないから、邦枝さんと伸幸は来年の四月の予定で会場を決めたと、後日、僕に知らせてきた。

桜の花が綺麗な時期だ。

寒くも暑くもないので、正装して来るお客にもちょうどいい季節だろう。

間近になった頃、僕も招待状をもらった。

だが、欠席のほうに丸印をつけて返送しておいた。

気をつかったわけではない。

ちょうどその日、ラファーノには貸し切りの予約が入っていた。結婚式の二次会だ。こちらも、おめでたい仕事なのである。

見ず知らずの新郎新婦を祝う料理を作りながら、僕は、邦枝さんと伸幸の将来を、この離れた場所から祝福しようと思っている。

何年か経《た》ったら、そう、中年世代ぐらいになったら、これまでよりも自然に三人で会えるような気がする。

僕はその間に腕を磨《みが》き、もっと美味《うま》いイタリア料理を作れる人間になっておこう。

彩子に習って、ドルチェも上手《うま》く作れるようになろう。

明日も明後日《あさって》も新しいお客さまと向き合い、その日を迎えられるようにしよう。

北野の異人館巡りの共通券の空欄は、いまでもあいたままだ。ひとりで遊びに行って残りの館を巡《めぐ》ってきてもいいのだが、なんとなく空欄にしておくほうがいいような気がして、そのままにしてある。

僕にはその空欄が、ずっと時が止まったままの場所に思えて、なんだか、いつまでも懐かしく感じられるのだ。

〈主要参考文献〉

『ラ・ベットラ 落合務の イタリア料理事典』（落合務：著／講談社）
『魚介のイタリア料理』（今井雅博、京大輔、小嶋正明：著／柴田書店）
『イタリア料理大全』（ジュリアーノ・ブジャッリ：著、ジョン・ドミニス：写真、辻静雄：監修、永作達宗・浅野和子：訳／新潮社）
『イタリアン・ハーブを楽しむ生活』（澤口知之：著／河出書房新社）
『Dolce!《ドルチエ》 イタリアの地方菓子』（ルカ・マンノーリ、サルヴァトーレ・カッペッロ：監修、池田愛美：文、池田匡克：写真／世界文化社）
『イタリアの食卓』（タカコ・半沢・メロジー：著／角川春樹事務所 グルメ文庫）

※その他、多くの資料、実際のお料理等を参考に致しました。この場を借りて御礼申し上げます。ありがとうございました。

本書は、ハルキ文庫のための書き下ろし作品です。

Haruki Bunko
ハルキ文庫

う 5-5

トラットリア・ラファーノ

著者 上《うえ》田《だ》早《さ》夕《ゆ》里《り》

2017年12月18日第一刷発行

発行者 角川春樹

発行所 株式会社角川春樹事務所
〒102-0074 東京都千代田区九段南2-1-30 イタリア文化会館

電話 03(3263)5247(編集)
03(3263)5881(営業)

印刷・製本 中央精版印刷株式会社

フォーマット・デザイン 芦澤泰偉
表紙イラストレーション 門坂 流

ISBN978-4-7584-4134-6 C0193 ©2017 Sayuri Ueda Printed in Japan
http://www.kadokawaharuki.co.jp/[営業]
fanmail@kadokawaharuki.co.jp[編集] ご意見・ご感想をお寄せください。

上田早夕里の本

ラ・パティスリー

森沢夏織は、神戸にあるフランス菓子店《パテイスリー》〈ロワゾ・ドール〉の新米洋菓子職人《パティシエ》。ある日の早朝、誰もいないはずの厨房で、飴細工作りに熱中している、背の高い見知らぬ男性を見つけた。男は市川恭也と名乗り、この店のシェフだと言い張ったが、記憶を失くしていた。夏織は店で働くことになった恭也に次第に魅かれていくが……。洋菓子店の裏舞台とそこに集う、恋人、夫婦、親子の切なくも愛しい人間模様を描く、パティシエ小説。大幅改稿して、文庫化。

ハルキ文庫

上田早夕里の本

ショコラティエの勲章

絢部あかりが売り子をしている老舗の和菓子店〈福桜堂〉神戸支店。その二軒隣りの人気ショコラトリー〈ショコラ・ド・ルイ〉で、あかりは不思議な万引き事件に遭遇した。それがきっかけで、ルイのシェフ長峰和輝と親しくなったあかりだが——。ボンボン・ショコラ、ガレット・デ・ロワ、クリスマスケーキ、アイスクリーム……さまざまなお菓子に隠された、人々の幸福な思い出や切なる願いを、繊細にミステリアスに描く〝美味しい〟物語。

ハルキ文庫

上田早夕里の本

菓子フェスの庭

神戸にあるフランス菓子店《パティスリー》〈ロワゾ・ドール〉に、西宮百貨店の武藤という男性が訪れた。西宮ガーデンズで行う「お菓子のフェスティバル」に参加して欲しいという。中堅パティシエの夏織は、その新作づくりに抜擢され日々奮闘していた。そんな折、密かに想いをよせていた先輩パティシエの恭也が、東京からひょっこり帰ってきて……。「ラ・パティスリー」の五年後を描いた、とびっきり美味しくて幸福なパティシエ小説、文庫オリジナル。

ハルキ文庫